GW00631147

Jérôme Garcin

Les sœurs
de Prague

Gallimard

Jérôme Garcin est né à Paris le 4 octobre 1956. Il dirige les pages culturelles du *Nouvel Observateur* et anime *Le Masque et la Plume* sur France Inter. Il est notamment l'auteur de *La chute de cheval*, prix Roger Nimier 1998, de *C'était tous les jours tempête*, prix Maurice Genevoix 2001, et de *Théâtre intime*, prix Essai France Télévisions 2003, tous parus aux Éditions Gallimard.

À Anne-Marie

Il faut ou tout finir rapidement et sans délai par quelques gouttes d'acide prussique, ou prendre la vie gaiement.

STENDHAL
Armance

Elle est sa sœur, elle marche de front aux plus rudes chemins, et, faible, elle soutient sa force.

JULES MICHELET
L'Amour

Cher petit grand con,
tu vois, je ne t'ai pas oublié.

Comment pourrais-je d'ailleurs t'oublier ? Je n'ai pas de photo de toi, et pourtant je saurais dessiner ton portrait-robot avec une précision et une persévérance de gendarmette. J'ai la mémoire du dégoût. Dans ce domaine, je suis même hypermnésique. Il n'est pas un veule, un ingrat, un perfide, un salaud dont je ne retienne les traits, jusqu'au grain de beauté, la petite ride, la forme des ongles, la vergeture, la teinte des dents, le poil clandestin.

Chez moi, en revanche, les gens bien ne laissent aucune trace. Il est vrai qu'ils sont si rares. Le physique moral s'efface, j'ai l'impression qu'il s'évanouit dans l'air pur, ce devait être une chimère.

L'abjection est beaucoup plus tenace. Elle résiste au temps. Ma rancune l'entretient. Et tu réunis tous les « isme » que je vomis : le conformisme, l'arrivisme, l'égoïsme et, selon moi, comble de la perversité, le sentimentalisme. Plus la vanité et la lâcheté, qui vont très bien ensemble. Ajoute à cette liste, dont tu sais mieux que personne qu'elle n'est pas exhaustive, une sidérale absence de talent, une pauvreté intellectuelle, une lourdeur psychologique et un manque absolu de clairvoyance qui font de toi, crois-moi, un cas d'espèce. Un « parangon », comme disent les gens raffinés que tu aimes tant flatter, oui, un parangon de connerie.

Cela me manque beaucoup de ne plus te voir. La montagne m'ennuie à crever. Je ne croise dans le brouillard que des bouffeurs de fondue pressés de descendre des pistes pour les remonter aussitôt, c'est passionnant ! Ta prétentieuse naïveté m'offrait au contraire un spectacle réjouissant. Lorsque j'avais le blues, c'est vers toi que, d'instinct, je me tournais. Tu étais toujours là pour me distraire de mes ennuis. Je te lançais des compliments comme on jette des calmars aux dauphins, pour les faire sauter et danser. Et tu sautais, et tu dansais, et tu gobais mes flatteries empoisonnées, mon petit grand con de cétacé, et tu étais grotesque, même les marinelands de la Côte d'Azur n'auraient pas voulu de toi. Mais tu me divertissais et, d'une certaine manière, me vengeais de toux ceux dont, par intérêt, j'ai supporté pendant des années et des années l'épuisante bêtise.

Je t'ai attiré dans mes rets avec une telle facilité que j'ai pensé, un instant, te remettre aussitôt à l'eau.

Tu étais une proie vraiment trop molle, une victime trop consentante. Je n'ai choisi de te garder que pour observer, dans ton regard vide, l'étendue de mon pouvoir et la peur que je t'inspirais. Car je te faisais peur. Oh, je te rassure, tu n'étais pas le seul. Terroriser les faibles était un travail quotidien qui exigeait de la rigueur et de l'obstination. Avec toi, nom de dieu, j'y ai excellé.

Le plus drôle, c'est que tu n'as jamais compris que je me moquais de toi. Je t'ai toujours trouvé parfaitement inintéressant. Si je t'ai abordé un jour et si j'ai consenti ensuite à ce que tu me colles aux basques, mon frétillant et stupide caniche tout frisé, c'est par intérêt : j'escomptais que, à plus ou moins long terme, tu me rapporterais gros. J'avais l'illusion que ma protection te donnerait l'envie d'écrire des livres et des scenarii, je pensais t'offrir, sinon l'inspiration que la nature t'a refusée, du moins la technique avec laquelle n'importe quel imbécile peut fabriquer aujourd'hui un succès. Après tout, j'ai bien réussi à transformer un présentateur de télé en romancier, un secrétaire d'État en dialoguiste et une chanteuse sans voix en tragédienne. Avec toi, je me suis trompée. Je n'avais pas mesuré ta phénoménale faculté à tourner autour de ton nombril, ton inclination naturelle à la léthargie, ton défaitisme biologique, ta résistance pachidermique à l'aventure et à la nouveauté. En fait, je m'en foutais. Des comme toi, d'aussi insipides que toi, j'en ai croisé des centaines, ça ne m'a jamais empêché de prospérer.

Je te savais nul et m'en accommodais. Le spectacle, te dis-je, valait toutes mes complaisances, toutes mes indulgences. Mais il a fallu que je sois victime d'une odieuse machination, dont je finirai bien par localiser et démonter la fabrique secrète, pour que, en plus de tout, je te découvre couard et renégat. Pas un geste, pas un mot, pas un hoquet en ma faveur. Rien. Toi le moraliste au petit pied, le donneur de leçons, la bouche pleine d'aphorismes édifiants et de citations éloquentes, tu t'es couché, tu as rampé, bavé comme une limace, et tu m'as regardée tomber avec placidité. Tu n'as pas de couilles, tu es une imposture, une vieillerie précoce, une jeune antiquaille. Connard ! Je te hais.

Connaissant ta mauvaise conscience d'ancien enfant de chœur bien coiffé et ta compassion de petit-bourgeois mal dégrossi, j'imagine que tu vas tenter de me joindre et, peut-être même, de venir me retrouver. Tu serais bien capable de te croire héroïque, de jouer l'alpiniste du dimanche. N'en fais surtout rien. Te voir m'amusait hier. Aujourd'hui, ça me répugnerait. Épargne-moi ce malaise intestinal.

Tu veux donc des nouvelles, pour les distribuer dans les cantines cosy aux lustres Starck et aux gris Wilmotte que tu fréquentes ? Eh bien, ici, je me soigne. J'ai trouvé un lieu de haute solitude. C'est un village calviniste de quatre cent cinquante habitants situé à mille six cent trente-huit mètres d'altitude. On y parle alémanique, je n'y comprends rien, c'est très reposant. Je peux admirer tous les jours la sainte trinité de l'Eiger, du Mönch et de la Jungfrau. Ce panorama est plus beau, plus pur, que ta face tordue de crabe. Il est à la fois emmerdant et majestueux. Avec, parfois, un glacial vent du Nord qui me rappelle les fêtes de Noël dans les collines de Moravie où glapissaient des renards jaunes.

Parfois, je vais déjeuner dans un restaurant perché sur le sommet du Schilthorn. J'écris « déjeuner », mais je pense « boire ». Je prends des grogs au citron sans citron et avec double rhum. C'est là qu'on a tourné un épisode de James Bond. Ça me rappelle mon métier, mon putain de saloperie de métier. J'adorais aller sur les tournages. C'était ma petite récompense. Je me mêlais à la frénétique agitation des plateaux, où je veillais au bien-être de mes protégés. Pendant quelques heures, j'étais injoignable, comme en vacances. J'aimais l'odeur de la caméra. Oui, imbécile, les caméras ont une odeur. Elles sentent le renfermé, le bois de cercueil, le cadavre encore chaud, les draps défaits, les derniers jours de l'été. Elles filment ce qui va disparaître. Mais ça t'échappe forcément.

Je ne sais pas pourquoi je te raconte tout ça. En vérité, c'est à moi que j'écris. Tu ne comptes pour rien. Tu as toujours compté pour rien. Cela me fait du bien de te détester, de te mépriser, et plus encore de penser que tu vas très bientôt me regretter. Tu es même assez vicieux pour en faire un livre. Tu as toujours été un profiteur. Tu ne sais pas donner, tu ne sais que voler.

Avec ce qu'il me reste de salive, je te crache à la gueule.

Klara

P.S. : Je demande à Hilda de poster cette lettre et si, par le plus grand des hasards, tu avais la mauvaise idée d'appeler, aussitôt de te raccrocher au nez.

I

L'influente et redoutable Gottwald avait *vraiment* aimé mon roman. Elle roulait les « r » avec un très léger accent métallique et faisait sonner le mot « roman », on eût dit le bourdon fêlé d'une cathédrale. Cela donnait une gravité presque caverneuse à son enthousiasme. Sans en rien laisser paraître, affectant même de jouer l'indifférent, j'exultais. Moins je réagissais, plus elle en rajoutait. En somme, à l'en croire, avec *La tête froide*, j'avais écrit une manière de chef-d'œuvre. C'était il y a une dizaine d'années. J'avais encore des ambitions, bien camouflées sous quelques illusions. Je me croyais jeune. Je n'étais que naïf.

Ce soir-là, au bar du Lutetia où, je m'en souviens très bien, Catherine Deneuve donnait dans un coin feutré une cascadante interview sans jamais regarder son interlocuteur en nage et, dans un autre, Isabelle Huppert complotait je ne sais quoi d'inquiétant, de féerique, de hiératique, avec Bob Wilson, je buvais lentement le subtil cocktail d'éloges que Klara Gottwald m'avait préparé et qu'elle versait, goutte après goutte, avec une royale délicatesse.

Elle s'était beaucoup appliquée, ou préparée, à vouloir me convaincre de son emballement. Tirant d'une cigarette extra-fine des volutes inspirées, elle me parlait de mes personnages imaginaires comme si elle les connaissait personnellement, voulait savoir si l'on pouvait visiter la gentilhommière d'Épône où ils s'étaient aimés, jurait avoir versé une larme à la mort crâne de mon jeune héros guillotiné. Elle regrettait d'ailleurs que l'on n'eût pas tiré un film de cette vie brève et pleine, elle aurait bien vu Jean-Paul Rappeneau derrière la caméra et Benoît Magimel, devant. Elle mettait ce « raté », cette « incompréhensible négligence », ce sont ses mots exacts, sur le compte de mon « paresseux éditeur » et assurait que, si seulement j'avais eu un agent, les producteurs de cinéma se seraient arraché mon histoire.

En moins d'un quart d'heure, alors que je la rencontrais pour la première fois, elle avait réussi, tout en sirotant un Ricard, un Ricard !, à cumuler la vertu du thuriféraire, la flamme de l'avocate, l'entregent de l'attachée de presse et le bagout de la bonimenteuse. Ce trop-plein d'effusion aurait dû m'alerter, il me combla. Je me laissai gaver, bouche bée, telle une oie blanche.

J'ai mis beaucoup de temps à comprendre que Klara, soudain si pressée de faire la connaissance d'un loser, n'avait été sensible, à la vérité, qu'au succès accidentel de *La tête froide*. Elle se flattait en effet de sauter, dans les journaux, les chroniques littéraires et d'analyser à la loupe les listes des meilleures ventes comme un climatologue étudie les courbes isobares. On m'expliqua plus tard qu'elle rencontrait les auteurs à partir de cent mille exemplaires. Avant, elle les ignorait. Sans doute ne m'avait-elle pas lu. On m'avait lu pour elle. Elle avait dû consulter ses notes dans le taxi et préparer les accents trompeurs de son monologue épaté. Quelle actrice !

Éloquence, élégance, prestance, plus un soupçon de canaillerie nicotinée : Klara Gottwald, pour qui la rumeur avait été jusqu'à féminiser le mot belluaire, était fidèle à sa réputation. Si, au Lutetia, j'ignorais encore tout de la savante stratégie qu'elle avait mise en place pour me circonvenir, je m'apprêtai à céder déjà au pouvoir immense qu'à Paris on lui attribuait. La semaine précédant notre rendez-vous, *Libé* lui avait consacré, en dernière page, son envié et redouté portrait. La journaliste, partagée entre détestation et admiration, tournait autour de « la Gottwald » et semblait chercher en vain comment percer sa carapace d'acier, par quelle faille entrer dans cette vie à la fois si accomplie et si mystérieuse. Les témoins à charge refusaient d'être nommés, ils donnaient l'impression d'avoir peur de « la rottweiler du gotha ». Les amis, au contraire, étaient d'une complaisance gênante, poisseuse. Tous rappelaient avec quel acharnement elle avait fait, de son agence littéraire et artistique, créée au début des années quatre-vingt, une redoutable machine de guerre. Elle négociait au plus haut les droits des auteurs de best-sellers et discutait, ligne à ligne, les contrats mirifiques des plus grands acteurs. On la craignait chez Gallimard comme à la Gaumont. Une phrase de la journaliste de *Libé* m'avait d'ailleurs intrigué : « Klara Gottwald travaille nuit et jour à faire le bien de ses prestigieux protégés et beaucoup de mal à ceux qui tentent de l'en empêcher. » Quelle était la signification exacte, l'étendue précise de ce « mal », je ne le savais pas, mais cette hypothèse faisait froid dans le dos. Sous la photo, qui la représentait à son bureau en train de téléphoner, il manquait la date de naissance. La Gottwald ne *communiquait* pas sur son passé. Tout juste savait-on qu'elle avait quitté, en 1972, la Tchécoslovaquie pour la France. Elle aurait cinquante ans. Sans flatterie, elle en paraissait dix de moins. Dans l'article, elle se vantait d'être célibataire et jugeait que, dans son métier, il n'y avait pas de place pour la vie de famille. « Ma seule famille, ajoutait-elle en usant d'une formule creuse et convenue, ce sont mes écrivains et mes comédiens… »

Je la regardais tandis qu'elle débitait ses compliments. Blonde aux yeux verts, elle avait une beauté fauve. Ce charme grinçant des prédatrices qui plaît tant aux hommes inquiets et horripile les femmes de caractère. Elle était habillée en automne — du beige, du marron, de l'orangé et de l'or. Un côté Diane chasseresse, amazone d'antan, sous-préfète en Sologne, épouse de premier fusil, que sais-je encore. De la classe, et du chien.

Elle me demanda sur quoi je travaillais. Moi qui ai horreur de parler, même à un ami, d'un manuscrit en cours (il y a dans mes réticences un peu de superstition et beaucoup de pudeur), je sortis de mon mutisme pour lui raconter comment j'avais eu l'idée folle de réécrire *Armance*, à ma manière. Si je conservais le cadre — l'aristocratie sous la Restauration —, une partie de l'intrigue et les personnages de Stendhal, je refusais non seulement qu'Octave fût impuissant mais aussi qu'il se suicidât en mer, avant d'atteindre la Grèce, où il allait combattre et se perdre. Je distribuais à mon malheureux héros le cynisme de Julien, la flamme de Fabrice et le romantisme de Beyle. Je le prolongeais, je l'augmentais, je le ressuscitais et le sauvais du désespoir où Stendhal, dont c'étaient les maladroits débuts romanesques, l'avait enfermé. Ragaillardi, il trompait Armance aussitôt après l'avoir épousée, gagnait les faveurs de Louis XVIII, obtenait un portefeuille... J'en étais là de mon roman, ignorant encore vers quelle catastrophe naturelle courait le brillant et trop impatient Octave. Je me prenais pour Jacques Laurent, lorsqu'il donnait une suite à *Lamiel*. Car, en ce temps-là, j'aimais stendhaliser, marier le panache et les manigances, être aussi bon calculateur en affaires qu'en amour, écrire vite sans me relire et sec sans m'épancher. Des conneries, quoi.

« Vous m'intéressez, jeune homme... Bon, c'est clair, il vous faut un agent, lâcha-t-elle, soudain expéditive, en se levant. Vos livres ont besoin d'être accompagnés. Tout seul, vous allez dans le mur. Avec moi, votre "Armance" vous vaudra un César. Réfléchissez. Et appelez-moi. Surtout, pas un mot de notre conversation à votre éditeur. »

Elle me tendit sa carte, écrasa sa cigarette comme si c'était un cancrelat, laissa un gros billet dans la coupelle, me serra la main — la main était fine et la poigne, sportive —, et quitta le bar, non sans avoir adressé un petit signe complice à Isabelle Huppert et embrassé sur les joues l'impériale Deneuve, toujours en verve et en roue libre.

Le soir, autour de lasagnes surgelées Picard, je fis à Laetitia l'exact compte rendu de mon rendez-vous avec la Gottwald. Elle grimaça et me conseilla de me méfier. « C'est une pieuvre, cette bonne femme, tout le monde le sait. Elle te recrachera aussi rapidement qu'elle t'a ligoté. Elle cherche son intérêt, pas le tien. Elle joue au poker menteur. Et puis sa boîte est louche. Trop de stars, de strass, de stress. Pas ton genre, mon loulou. » Mais c'était quoi, mon genre ? Laetitia me sourit sans répondre et il y avait du dédain dans son sourire.

Je retournai à mon manuscrit. Impossible d'écrire une ligne. La nuit qui suivit fut agitée. Dans mon rêve, Armance avait les traits de Klara, et Octave pleurait.

II

Souvent, l'envie m'en démangeait. C'était surtout au réveil, lorsque le jour se levait sur Montmartre et que, en plongée, le grouillement balzacien de la ville incitait à l'action et à la polémologie.

Je laissai pourtant passer plusieurs semaines sans appeler Klara. Il me semblait que, en acceptant trop vite sa proposition, je lui aurais offert le privilège de penser que j'avais besoin d'elle. Après tout, elle était venue me chercher. Et puis, je faisais confiance au temps. Je jouai le fataliste. Cette attitude, qui est une manière habile de transformer l'irrésolution naturelle en sagesse provisoire, m'a souvent épargné d'avoir à prendre, dans la vie, des décisions fermes. Je suis balance ascendant pesette. Je cherche l'équilibre en jonglant avec mes tares. On me dit pondéré, je ne suis qu'incertain. On me croit réfléchi, je doute. J'attends, prudent et circonspect, les orages sous abri.

Je pressentais en effet qu'en me plaçant sous la protection de Klara, j'allais perdre aussitôt celle de Jean-Claude, mon éditeur. Il l'était depuis mon premier livre. Nos rapports étaient si subtilement ambigus, mélange d'amitié pudique et d'une élégance un peu coincée reçue de part et d'autre en héritage, qu'on ne parlait jamais d'argent. C'eût été déplacé. J'en avais pourtant besoin. Et, à l'exception de *La tête froide*, tous mes bouquins étaient des bides. Des bides raffinés. On déjeunait, évoquait chaque fois la santé fragile de François Nourissier, les dernières prestations télévisées de Christine Angot, les ventes colossales d'Amélie Nothomb, comparait les vertus du quad dans le désert et de l'équitation en forêt, je lui résumais au dessert la trame du roman que j'écrivais, il prétendait être curieux d'en savoir davantage, je n'en croyais pas un mot, me demandait la date à laquelle il pouvait espérer le manuscrit, que je respectais scrupuleusement, il le lisait avec complaisance et le publiait avec fatalisme, voilà, c'était tout. Je signais, sans les lire, sans même penser à les lire, les contrats successifs qu'il m'envoyait. L'apparition, dans notre couple routinier, d'un agent, et qui plus est d'une Gottwald, risquait de briser net une vieille complicité chaussée de charentaises. Je ne me faisais pas à l'idée d'aller désormais le voir à la manière du prévenu qui, accompagné de sa volubile et autoritaire avocate, rencontre, en son palais, un juge d'instruction.

Plusieurs semaines passèrent. J'avançais sans me presser dans mon « Armance » à moi. J'écrivais le matin, jamais plus d'une heure ou deux. Au lieu de déjeuner, je me rendais à des projections de presse pour voir des films devant lesquels je m'assoupissais parfois et dont je ne savais jamais quoi penser. Le cinéma n'était pas seulement un art, c'était aussi une atmosphère. L'après-midi, je faisais un tour à Radio Bonheur, où je tenais une chronique de trois minutes dans l'émission hebdomadaire Écran total. Camouflant mes indécisions, j'y jouais le critique sûr de lui et doctrinal pour une poignée d'auditeurs indifférents et un cachet de misère. Ma vie était bien réglée, rien ne la faisait jamais déborder, son cours méthodique était rassurant et son flot régulier, confortable. Je rangeais mes sentiments dans des tiroirs, je raisonnais mes passions, je donnais à mon inspiration un rythme métronomique et à mes livres un ordonnancement compassé de jardin à la française.

Je ne sais d'où vient que j'avais peur d'être dérangé, dépassé, bousculé, emporté. C'était une époque où je ne prenais de risques qu'à cheval. Je caressais, à heures fixes, l'illusion d'être courageux. Et encore, même dans un galop de chasse sur un cross où les chutes étaient fatales, je mettais de la mathématique, calculais mes foulées, obéissais à mon chronomètre, gouvernais mon stress sous un gilet de protection, modèle antiémeute. J'étais un cavalier de l'allant et un écrivain de la retenue. Et voici que la Gottwald menaçait mon équilibre. Je n'arrêtais pas de penser à elle. Je poussais la mauvaise foi jusqu'à lui reprocher son silence. J'espérais une nouvelle offensive de sa part. Je me comportais comme un gibier énervé qui réclame son chasseur.

Un matin, j'appelai Alexandre à son bureau. Lui seul pouvait me conseiller. Je savais que Klara était sa plus dangereuse rivale. On connaît mieux ses ennemis que ses amis. Pour prévenir leurs attaques, on a appris à étudier leur comportement, à démonter leur stratégie, à savoir où sont entreposées leurs munitions et où sont dissimulés leurs points faibles. Alexandre, dont l'agence artistique, moitié pension, moitié hospice, périclitait lentement, avait cher payé son hostilité à Klara. Elle lui avait volé, avec un sourire carnassier, un rictus de chacal, ses deux plus beaux trophées : le boulimique Depardieu et l'anémique Houellebecq. Il ne s'en était jamais remis. Depuis, il vouait aux gémonies et sa puissante adversaire, et les deux vedettes qui, par intérêt, lui avaient manqué.

Dans un resto du boulevard Malesherbes, on chipota des filets de perche blêmes tout droit sortis du *Cauchemar de Darwin*. Alexandre me fit un portrait terrifiant et postillonnant de Klara Gottwald. Elle était sans foi ni loi. Elle pouvait tuer pour parvenir à ses fins. Rien ne l'excitait plus que de débaucher et de faire monter les enchères. Elle était incapable d'un geste gratuit, d'une action désintéressée. Elle faisait subir à ses assistants un régime de terreur. Dans ses décisions, les critères financiers l'emportaient toujours sur les choix artistiques. Jamais, d'ailleurs, elle ne portait un jugement sur un livre, sur un film — elle prétendait à la sagesse de l'objectivité et ne se fiait qu'à l'aune des recettes. Elle était un mauvais génie qui tournait la tête des artistes et alimentait sans cesse la flambée des cachets et des à-valoir. Elle prenait un malin plaisir à présider aux spectaculaires transferts des meilleurs poulains d'une écurie à l'autre. Elle tirait son magistère des inimitiés et même des haines qu'elle fomentait entre éditeurs ou producteurs rivaux. Même Dominique Besnehard, l'incontournable majordome des stars, la surnommait avec circonspection « l'agent secret ». Âpre au gain, on la créditait d'une fortune considérable dont nul ne savait quel usage elle faisait. Elle aurait des comptes en Suisse et de l'immobilier au Luxembourg. Son appartement de l'avenue George-V et son pavillon de chasse de Montfort-l'Amaury ne seraient que la façade présentable d'un empire bien plus vaste et mystérieux. Elle avait pris soin de prolonger son ministère jusqu'aux antichambres du pouvoir et avait su ajouter, à son cheptel d'auteurs méritants et d'acteurs vernis, un ministre, deux députés, et un membre du bureau politique de l'UMP dont elle avait fait écrire les Mémoires, les traités et les libelles par les meilleurs nègres de la capitale.

Alexandre ne lui reconnaissait que deux qualités, devant lesquelles, au café, il consentit à s'incliner : une aptitude phénoménale au travail et un sans-gêne hors du commun. On prétendait ainsi que, visitant le Louvre peu de temps après son arrivée en France, Klara était tombée folle amoureuse d'une coupe en jaspe rouge du XIVe ayant appartenu aux Médicis. Elle l'aurait fait voler par deux nervis hongrois, l'aurait placée sur sa table de chevet pour la caresser avant de s'endormir et, dix ans plus tard, l'aurait renvoyée au musée avec ce mot anonyme : « J'ai été heureuse de dormir avec Laurent le Magnifique. Maintenant, j'en suis lasse. La coupe est pleine, je vous la rends. Merci pour le prêt. » Personne n'avait jamais pu vérifier l'authenticité de cette anecdote, mais elle en disait long, je trouve, sur l'audace, le cynisme et l'impunité qu'on lui prêtait.

Plus Alexandre la stigmatisait, plus elle me plaisait. Elle n'était pas une héritière, elle s'était faite toute seule. Et je trouvais assez courageux et plutôt salubre qu'elle parlât ouvertement d'argent dans un milieu hypocrite où des richards déguisés en Léautaud aspiraient à la fortune mais simulaient l'abnégation et criaient à la misère. En vérité, j'étais un garçon trop propre qu'excitaient, à la nuit tombée, les cavalières en sueur et les canailles aventureuses, et il y avait de la canaille chez Klara, de la sueur sous son rimmel. J'avais beaucoup léché d'aréoles brunes, malaxé de fesses potelées et pénétré de vulves rose et noir sur la paille des box, dans la pénombre tiède des vans, au milieu des crottins. Je ne goûtais guère les filles policées. Laetitia s'en doutait et avait choisi de s'en accommoder. Elle était irritable, susceptible, mais elle n'était pas jalouse. Je demandai à Alexandre s'il connaissait la vie privée de Klara : il n'en savait presque rien. Elle en rajouterait, me dit-il, dans l'éloge du célibat et se méfierait des sentiments. Elle en piquerait pour les jeunes hommes, dont elle ferait une consommation mesurée et, somme toute, hygiénique. Elle n'aurait pas la passion de l'amour, elle aurait seulement le souci d'entretenir la machine pour s'assurer de son bon fonctionnement. Elle baiserait bien.

Alexandre soupira, exaspéré : « Mais pourquoi tu me poses toutes ces questions sur cette hyène ? » Je lui avouai qu'elle m'avait contacté. Il me menaça : « Si tu signes avec elle, tu peux mettre une croix sur notre amitié. » Je ricanai

bêtement et mentis : « Tu m'imagines avec elle ?
Allons, c'était juste pour en savoir plus sur le
fauve, je n'ai pas besoin d'agent, moi, tu sais
bien que je suis un cow-boy solitaire. »

III

Au matin du 5 février 2004, la Smart noire de Klara Gottwald fut détruite par une explosion d'origine criminelle au deuxième sous-sol du parking Vinci de l'avenue George-V. J'appris la nouvelle en écoutant le journal de treize heures de France Inter présenté par Yves Decaens.

La veille, vers minuit, Klara avait garé son pot de yaourt à sa place habituelle et était rentrée chez elle. Elle avait été réveillée par un coup de téléphone de la police lui annonçant l'attentat dont elle, ou plutôt sa voiture, avait été victime. Interrogée par le reporter d'Inter, elle s'était appliquée à paraître indifférente : « Une de perdue, dix de retrouvées », lâcha-t-elle en parlant de sa Smart *forfour jack black*. On lui demanda qui pouvait donc lui en vouloir. Elle répondit : « Tout le monde, c'est-à-dire personne. » Elle jugeait grotesque que l'on fît, de cet incident « mécanique », une telle affaire. Au micro, elle jouait son rôle à merveille. Elle y mettait du cran, de l'équanimité et une pointe d'humour. Une sage femme.

À quatorze heures, j'achetai *Le Monde*. En dernière page, un article était déjà consacré à l'événement dont Paris se gargarisait. Enfin, un article... C'était une succession affolée de pointillés et d'interrogations. La seule certitude était qu'on n'avait pas cherché à tuer Klara Gottwald, on avait seulement voulu « l'intimider », selon l'expression convenue et consacrée. Le journaliste, prudent, évoquait toutes les pistes possibles, depuis la très improbable querelle politique (un groupuscule d'extrême gauche, qui l'avait prise pour cible depuis quelque temps, lui reprochait de servir la soupe aux chiraquiens et d'en tirer de juteux bénéfices) jusqu'à l'invraisemblable rivalité professionnelle (tous les agents de la capitale souhaitaient sa chute et aspiraient, au milieu des ruines, à se partager équitablement ses liasses de contrats), en passant par l'incompréhensible chantage de la mafia russe, mais pourquoi diable la mafia russe ?, qui signait ses crimes en utilisant un explosif dérobé dans les stocks prétendument périmés de l'ex-Armée rouge, et dont, étrangement, la carcasse fumante de la Smart portait la trace. Dans un encadré, sous le titre « Point de vue », le directeur de la rédaction, Edwy Plenel, tout en condamnant l'attentat, stigmatisait le « pouvoir exorbitant » de Klara Gottwald, jugeait que son monopole était « néfaste à la démocratie culturelle », lui reprochait d'exclure des grands films tous ceux, réalisateurs, comédiens, scénaristes, qui n'appartenaient pas à son « staff », s'inquiétait de son rôle grandissant auprès des politiques, s'interrogeait sur les liens qu'elle avait gardés avec l'Europe de l'Est, et laissait finalement entendre que, si l'affaire était encore obscure, la victime, elle, n'était pas claire…

Je repensai à notre rendez-vous du Lutetia, à la manière qu'avait Klara de parler franc sans jamais se dévoiler, à sa façon d'avancer dans la conversation en guerrière, à sa beauté sèche, implacable. Je décidai aussitôt de lui téléphoner. J'avais assez tardé, j'allais donner suite à sa proposition. L'odeur âcre de la poudre, du caoutchouc brûlé et de l'hallali m'avait soudain tiré de ma torpeur. De cette femme qu'on menaçait, je ferais mon alliée. Je caressais la vanité d'avoir du sang-froid et l'illusion stupide de *m'engager*. La secrétaire me répondit qu'elle était en rendez-vous et qu'elle me rappellerait.

Elle ne me rappela pas. Ni le soir ni le lendemain. La radio et les journaux continuaient à parler de l'attentat. Des pétitions de soutien à Klara Gottwald circulaient, elles étaient signées par des écrivains, des acteurs, des cinéastes, des éditeurs, des producteurs et des gens qui ne font rien mais qui ont un nom. Je m'inscrivis sur la liste, la compagnie était flatteuse. Toute la ville, qui cancanait en coulisses, se pressait en effet pour faire allégeance. Si l'ennemi restait invisible, les prétendus amis faisaient bloc. Jamais elle n'avait davantage régné, jamais elle n'avait mieux gouverné. Sa photo, toujours le même portrait énigmatique et autoritaire, ornait les pages de faits divers, c'était vraiment son heure de gloire.

Je tournai le dos à cette agitation où, malgré mes efforts pour signaler ma présence, je n'avais pas ma place et partis seul quelques jours à Saumur. Je voulais écrire. Laetitia me regarda faire ma valise comme si je ne devais pas revenir. Elle était lasse de mes incartades, elle tenait mon goût de la solitude pour une pose littéraire, elle jugeait que j'en faisais trop. Elle m'aurait voulu moins égoïste et plus modeste. J'avais réservé une chambre à l'hôtel de la Loire, situé sur la petite île qui fait face aux maisons en tuffeau et observe le château en contre-plongée. Il me plaisait de penser que je trouverais l'inspiration dans la vieille ville du cheval et que j'allais faire prendre l'air protestant à ma frivole « Armance ». Et puis, j'y avais mes habitudes et, je le répète, je suis un homme d'habitudes.

J'écrivais le matin jusqu'à l'heure du déjeuner. Quatre ou cinq pages d'un cahier Clairefontaine à spirales grand format, grands carreaux. Pages de droite, exclusivement. Les pages de gauche étaient réservées aux ajouts, aux corrections, aux repentances, aux doutes en suspens, aux certitudes en attente. Ma tâche quotidienne accomplie, j'avalais un sandwich dans un café situé près de l'église Notre-Dame-des-Ardilliers, après quoi j'allais me promener le long de la Loire, pour m'imprégner de l'odeur fade, mousseuse, poissonnière qui m'évoquait l'eau croupissante des ports yougoslaves où, dans les années soixante-dix, j'avais passé des vacances heureuses avec mes parents. Il m'arrivait aussi de pousser en voiture jusqu'à Terrefort, où mes amis du Cadre Noir me prêtaient un cheval pour l'après-midi, que j'emmenais trotter sur les allées de sable avec l'étrange sentiment de continuer à écrire, dans ma tête et en rythme, le manuscrit qui m'attendait à l'hôtel.

Parfois, à la cafétéria de l'École nationale d'équitation, je rencontrais une jeune cavalière en formation, le plus souvent étrangère, avec laquelle je parlais de mors de bride, d'épaules en dedans et de rênes d'appui, que j'invitais ensuite à dîner aux chandelles dans le vieux Saumur, où la conversation tournait autour du trot d'école selon Decarpentry, de l'impulsion selon Saint-Fort-Paillard, du passage selon Steinbrecht, et qui, lasse de réviser ses classiques ou émoustillée par le vouvray, passait ensuite la nuit avec moi, aussi naturellement que s'il s'agissait pour elle de prolonger, dans des draps frais, son stage de dressage ou de complet. J'aimais ces aventures sans lendemain, ces étreintes musquées, ces frottements rêches, caresser les sexes broussailleux, les fesses rondes, les cuisses musclées et blanches de ces filles toujours pressées de jouir, trop sportives pour s'abandonner à la tendresse, trop insoucieuses pour avoir mauvaise conscience et trop peu rangées pour croire au bonheur. Elles se donnaient sans compter et je prenais sans calculer.

Je restai deux semaines à Saumur. « Armance » avançait au rythme lent et sûr d'une gabare sur le fleuve endormi. Un matin, tandis que je finissais mon petit déjeuner, le portable sonna. C'était Klara. Elle me demandait d'excuser son silence. Elle me remercia d'avoir signé la pétition en sa faveur. Elle souhaitait me voir pour reprendre notre conversation du Lutetia. Elle était heureuse d'apprendre que je travaillais à mon roman. Elle disait « notre roman » comme si elle avait déjà anticipé ma réponse. Elle me fixa un rendez-vous, cette fois à son bureau : « Je prépare le contrat ? » Je m'entendis lui répondre « Oui, bien sûr » et ajouter précipitamment « Je vous embrasse ». Je ne me comprenais plus.

Le soir même, je quittai Saumur, son eau paresseuse, ses parfums alanguis, ses nuits blanches, ses grottes gracquiennes, ses cavalières au bassin voluptueux, ses chevaux bais près du sang, et sur l'œil.

IV

Sans avoir eu le courage d'en parler à Laetitia et de l'annoncer à Jean-Claude, je signai
avec Klara Gottwald le 3 mars à midi, dans ses
bureaux laqués de blanc de la rue de Mari-
gnan situés à côté de la clinique de chirurgie
esthétique d'où sortent, au crépuscule, des
femmes compassées en talons aiguilles et lunettes noires.

Elle était donc mon agent. Le protocole stipu-
lait qu'elle s'engageait à discuter au mieux mes
contrats avec les éditeurs, s'occupait elle-même
des droits dérivés et défendait mes intérêts partout où ils étaient en jeu. Elle me *représentait*
(c'est un verbe dont la symbolique théâtrale et la
pompe diplomatique m'ont toujours amusé) et se
chargeait de mes tracas inutiles. Je n'avais plus,
désormais, que le souci d'écrire. Cette sérénité
avait un prix : dix pour cent de mes revenus. On
fêta notre accord chez Edgar, rue Marbeuf, où
son arrivée provoqua aussitôt un bourdonnement

de ruche, des apartés ironiques et des regards en coin.

Le mot « fêter » est excessif. Klara était morose. D'évidence, elle se forçait à se réjouir de notre alliance. De sa jolie bouche en accent circonflexe sortaient des phrases toutes faites, des promesses de succès qui ressemblaient à des soupirs, et des questions faussement empressées dont elle écoutait à peine les réponses. Ce jour-là, si important pour moi, elle n'était que professionnelle. Une stratège rouée mais sans âme, très différente de l'impatiente séductrice du Lutetia dont j'avais déjà le regret. J'étais refroidi, au point de me demander si je ne venais pas, en m'associant avec elle, de faire une grosse bêtise. J'espérais de la complicité, je me heurtais à une sorte d'administration. Elle ne toucha pas à son saumon Gravlaks sauce moutarde, chipota son feuilleté fin aux pommes tièdes, mais elle but trois verres d'un gentil bordeaux, un beau mayne 2000. Je mis son malaise sur le compte de l'attentat, dont le mystère continuait d'alimenter la presse, le show-biz, les ragots, et me forçait, par élégance, au silence.

Lorsque l'on sortit du restaurant, Klara, sans me demander mon avis, me proposa de marcher. Elle me dit qu'elle avait annulé son rendez-vous de quinze heures et qu'elle n'était pas pressée. Il faisait beau et très froid. Dans son manteau de fourrure, le gros col relevé sur son profil pâle, les courts cheveux blonds rendus plus blonds encore par le soleil d'hiver, une légère buée sortant de ses lèvres brillantes, elle semblait incarner, à elle seule, l'idée romantique et neigeuse qu'on se fait, à Paris, de la Tchécoslovaquie d'avant la scission de 1992.

Elle avait soudain perdu de sa superbe, et de paraître si désemparée, si peu soucieuse de le dissimuler, la rajeunissait encore. On descendit les Champs-Élysées avec un désabusement de touristes sans le sou, un flegme de badauds sans but. Les cinémas affichaient *Open Range*, de Kevin Costner, *Buongiorno, notte*, de Marco Bellochio, et *Podium*, de Yann Moix. Ne sachant plus quoi dire, comment sortir Klara de sa torpeur vagabonde, je me taisais. À la hauteur du Guignol, on entendit des rires d'enfants et une grosse voix de gendarme. Des pigeons gras s'écartaient en froufroutant sur notre passage. Une sirène de police précéda un convoi officiel et pressé. Les mâts-drapeaux vantaient l'exposition Miró à Beaubourg et *Les fables de La Fontaine*, présentées par Bob Wilson à la Comédie-Française. La capitale claquait au vent. Et puis soudain, Klara me prit le bras et, le regard fixé sur la place de la Concorde, se mit à parler, d'une voix monocorde de confessionnal qui n'autorisait aucune interruption, aucun étonnement.

« J'ai reçu ce matin une lettre de ma sœur. Oui, si étrange que cela vous paraisse, j'ai une sœur. Une sœur cadette. Hilda, elle s'appelle... Elle m'écrit qu'elle enseigne le français dans un collège international de Prague. Je m'en fous. Elle peut être boulangère à Pisek ou vétérinaire à Brno, je m'en fous. Cela fait trente ans que je n'ai plus de nouvelles d'elle. Je n'ai d'ailleurs jamais cherché à en avoir. Lorsque j'ai quitté Prague, j'avais dix-huit ans, et j'ai juré de ne jamais y remettre les pieds. Je ne sais pas comment vous êtes, vous, mais la famille, le passé, la terre natale, la nostalgie et tout son tsoin-tsoin, sa fanfare de cuivres, son concert de grosses larmes, ses cloches de Pâques, merci, très peu pour moi. Mon pays, c'est la France. Avant, ça n'existe pas. C'est étrange, cette manière qu'ont les gens de vouloir tout expliquer en fonction de l'enfance. Les journalistes que je rencontre, ils n'ont que cette question à la bouche, les imbéciles : d'où je viens, pourquoi j'ai renié mon pays, comment étaient mes parents... Des conneries, tout ça, de la psy de pacotille, du tord-boyaux. Et maintenant, Mlle Hilda qui se réveille parce qu'elle lit les journaux français, où elle a appris que la voiture de sa sœur, cette parfaite inconnue, avait explosé dans un parking, et elle s'inquiète pour moi, après trente ans !, je rigole, et elle trouve que, sur la photo, j'ai bien vieilli, et elle m'annonce son arrivée à Paris, dimanche prochain. Non, mais, vous le croyez ? D'ailleurs, vous êtes né où, vous ? » Je répondis « à Paris », mais elle n'écoutait pas.

Klara marchait de plus en plus vite, elle pestait, elle relevait la nuque en tutoyant les passants d'un regard méchant, on aurait dit qu'elle venait de perdre un gros contrat ou que François-Marie Samuelson lui avait dérobé à son insu Carole Bouquet. Arrivés place de la Concorde, nous remontâmes la contre-allée dans l'autre sens, au même rythme sportif. Je la suivais comme un chihuahua parfumé au Kouros Sport. « Et quel âge elle a, Hilda ? », risquai-je au premier feu rouge. « Quatre ans de moins que moi », me répondit Klara, lapidaire, énigmatique, avant de reprendre le fil de son soliloque époumoné.

« Dans mon souvenir, c'était une fille gentille, calme, studieuse, respectueuse, généreuse, tout le contraire de moi. Nos parents l'adoraient autant qu'ils me détestaient. C'étaient des communistes francophiles, la totale ! Ils me trouvaient "invivable". J'avais seulement envie de vivre. Vous ne pouvez pas savoir ce que c'est que d'être une adolescente dans un pays occupé. Je n'oublierai jamais cette nuit du 20 août 1968. Le printemps avait été radieux. On était presque étonnés d'être heureux. Au lycée, les profs nous autorisaient à lire des auteurs jusqu'alors interdits. Le soir, on allait au cinéma ou on buvait des bières à la terrasse des cafés. On portait des jeans et des minijupes. Le dimanche, les cloches des églises sonnaient à nouveau. Cet été-là, certaines de mes copines étaient parties pour la première fois à l'étranger, en Espagne, en Angleterre, en France, d'où elles m'envoyaient des cartes postales extasiées, on aurait dit qu'elles découvraient l'Amérique. Et puis, dans la nuit du 20 août, je venais à peine de m'endormir, j'avais soudain sursauté en entendant un grondement sourd, puissant, un râle de locomotive à vapeur, un terrible bruit de ferraille sur le pavé, et des ordres en russe donnés depuis les tourelles, c'étaient les chars de l'Armée rouge qui entraient dans Prague, et les troupes du pacte de Varsovie qui suivaient. Je n'ai pas fermé l'œil. J'ai su à cet instant que je quitterais mon pays pour toujours. Pendant les années qui ont suivi, c'est vrai, mes parents avaient raison, j'ai été invivable. Je n'allais plus en classe. Je narguais dans la rue les soldats soviétiques. Je couchais avec un tas de garçons. Je me teignais les cheveux. Je ne me lavais pas. Je goûtais à toutes sortes de drogues. Je me saoulais à la vodka en écoutant en boucle les chansons de Cat Stevens. Hilda avait une voix cristalline de petite fille modèle. Elle prétendait que j'étais une dépravée. Mon père me menaçait. Surtout le jour où je lui ai annoncé que j'étais enceinte et que je ne me ferais pas avorter. Moi, ça me faisait rire. Je leur disais qu'ils seraient bientôt débarrassés de moi mais qu'ils garderaient le gosse. C'est ce qui s'est passé en 1972, lorsque s'est déroulé à Prague le premier festival du Film français d'aventures. J'ai dragué un soir le producteur Pascal Norbert, j'ai couché avec lui dans sa suite du Hilton, oh pas pour le plaisir !, vous connaissez le répugnant Norbert, et une semaine plus tard, je débarquais à son bras à Paris. J'avais à peine dix-huit ans, et c'était le plus beau jour de ma vie. »

À la hauteur de l'avenue George-V, Klara s'était calmée. « Ce n'est pas mon genre de faire des confidences. Mais c'est à cause de la lettre d'Hilda. Je n'ai pas le choix, dimanche, il faut que j'aille la chercher à Roissy. Dites, vous ne voudriez pas venir avec moi ? » J'acceptai, mais je ne pus me retenir de lui demander ce qu'était devenu son enfant. Elle ne répondit pas. Je la raccompagnai jusqu'à son bureau. Elle était essoufflée. Elle m'embrassa presque tendrement. « Je suis contente de vous compter parmi mes auteurs... » Un long silence, et puis : « Mon fils ? Je n'en sais rien, s'il est vivant, il doit avoir trente-trois ans, l'âge du Christ. Hilda me le dira. Elle est du genre à avoir des photos de famille dans son portefeuille, la gourde... »

V

J'appelai Jean-Claude à l'heure où je savais qu'il arrivait aux Éditions, juste avant qu'il ne soit submergé par les tâches nombreuses et ingrates qui, invariablement, le forceraient à exercer seul son pouvoir tutélaire et le rendraient de méchante humeur. (Son métier, qui ignorait la tranquillité de l'esprit et ne laissait aucune place à l'hésitation, l'obligeait chaque jour à dire « oui » à des écrivains dont l'excessive affectivité l'incommodait, et « non » à des auteurs dont la maladive susceptibilité le dérangeait. De son père, il avait hérité l'amour fou, presque enfantin, des livres, mais aussi une méfiance croissante à l'égard de ceux qui les rédigent et sont d'autant plus autoritaires que le doute les ronge.)

D'abord surpris, il eut ensuite l'air heureux de bavarder avec moi jusqu'au moment où je lui appris que j'avais décidé d'avoir un agent et que c'était Klara Gottwald. Il y eut un silence, suivi d'un grommellement de chiot qu'on importune.

Même s'il s'en doutait — il avait lu avec étonnement mon nom au bas de la pétition de soutien —, il prit la chose très mal. C'était, selon lui, une marque ostensible de défiance.

Usant de toute l'hypocrisie dont j'étais capable, je lui répondis que, au contraire, cela ajoutait à ma fidélité puisque je ne comptais pas quitter sa maison et que, désormais, notre relation serait exclusivement amicale et littéraire, mon agent se chargeant des questions financières dont ni lui ni moi, « ne me dis pas le contraire, cher Jean-Claude », n'aimions à nous embarrasser. Il ricana au bout du fil : « Je te croyais différent des autres, finalement tu as les mêmes prétentions et les mêmes ambitions. Tu te crois singulier, tu es très banal. »

La déception le rendait âcre et perfide. Je brandis l'argument cinématographique, rappelai les tentatives d'adaptation avortées de mes romans précédents, citai tous les textes de mes consœurs et confrères que la Gottwald avait su, avec succès, transformer en films. « Et alors, me répondit-il, tu aurais pu t'associer avec elle pour les seuls droits dérivés sans me la balancer dans les gencives chaque fois que, pour un livre, tu signes un contrat avec moi ! Si tu voulais un pourcentage plus important, il suffisait de me le demander en face, ce n'était pas la peine d'aller chercher une duègne, et la Gottwald en plus, non mais j'hallucine… Franchement, tu me déçois. J'espère au moins que ton bouquin sera bon et que tu n'auras pas monté tout ce stratagème pour terminer au pilon », et il raccrocha.

Je restai quelques minutes le combiné à la main, sans oser le reposer, comme s'il était vivant. J'étais sonné. Laetitia, qui traversait le salon à ce moment-là, me vit prostré et me demanda quelle mauvaise nouvelle je venais d'apprendre. Je lui racontai tout, Klara la veille et puis Jean-Claude ce matin. Elle en remit une couche : « Mon pauvre vieux, tu veux jouer au *grandécrivain*, mais tu n'as pas les épaules assez solides. Qu'est-ce que tu avais besoin d'un agent ! Tu ferais mieux d'écrire. » Elle avala une gorgée de thé, alluma son portable, le jeta dans son sac, prit les clés de sa Clio, siffla ironiquement un air de Claude François et sortit en claquant la porte. Léger et piquant, le courant d'air sentait *L'Instant*, de Guerlain, et la laque *Finition et brillance*, de Jacques Dessange.

J'essayai de me calmer, pris une douche, me rasai, nettoyai mon visage avec la lotion Clinique numéro 2, appliquai sur le front et le nez la crème à l'eau thermale d'Avène pour peaux intolérantes, glissai dans la paume de ma main droite quelques gouttes de parfum — *L'Homme*, de chez Roger & Gallet — que je passai dans la nuque et derrière les oreilles, m'habillai, me versai un café Nespresso et, croyant naïvement avoir fait le plein d'énergie, allai m'asseoir à ma table, le dos droit, pour écrire. Et là, rien ne vint. La panne. L'ennui de la panne. L'exaspérante fatigue de la panne. Dix fois, je commençai une phrase que je raturai aussitôt. C'était mauvais, emprunté, ça sonnait faux. Trop soigné, ou trop négligé. Octave m'horripilait. Armance m'indisposait. Cette idée d'aller chercher Stendhal pour m'en emparer et le détourner était saugrenue. La voix persifleuse de Jean-Claude — « J'espère au moins que ton bouquin sera bon... » — et celle, moqueuse, de Laetitia — « Tu veux jouer au *grandécrivain*... » — me vrillaient les tympans. Je faillis appeler Klara rien que pour l'entendre me dire qu'elle croyait en moi, qu'elle avait hâte de découvrir mon roman, mais je n'osai pas. Deux heures passèrent, et puis trois. La corbeille était pleine de feuilles froissées, la pièce puait le tabac froid et le café brésilien. Je me détestais. Sur la longue étagère réservée à Beyle, en face du bureau, *Armance*, la vraie, la pure, la si émouvante, l'originelle, la mystérieuse, me narguait dans sa ravissante robe bleu clair du Divan rehaussée de caractères rouge vif, couchée sur vergé Lafuma non massicoté, édition Martineau, 1933. J'étais pitoyable.

J'annulai la projection de *Demi-Tarif*, d'Isild Le Besco, à laquelle je devais me rendre à treize heures, téléphonai à l'assistante d'*Écran total*, une vieille fille qui ressemblait à Anémone et avait le cinéma en horreur, pour lui dire que je n'irais pas à la radio cet après-midi, ce dont elle n'avait que faire, rangeai rageusement mon cahier dans un tiroir, éteignis mon portable et partis.

De Pigalle, je descendis, sous un ciel bas et gris, vers la Trinité et l'Opéra, prolongeai ma déambulation mécanique jusqu'aux guichets du Louvre. Je ne marchais pas, j'avais l'impression de me traîner. Je traversai la Seine et accostai Philippe Sollers, qui sortait du *Voltaire* et à qui je dus rappeler mon identité. « Ah oui, c'est vous l'auteur de *La tête froide*. Joli succès, mon cher... » Il portait son vieil imperméable à la Colombo, je l'imaginais bien au volant d'un break Peugeot 403 sur le pont du Carrousel, la tonsure bénédictine caressée par une bise féminine. Il sentait le pain béni et l'after-shave. Il était dans une forme épatante, inquiétante. Les yeux tournés vers le ciel, il annonça à travers un nuage de fumée qu'il venait de mettre le point final à un roman de six cents pages, finissait une étude sur l'œuvre de Claude Simon, partais donner une conférence à Venise sur Casanova et comptais rédiger au plus vite, sous la forme d'un libelle, une suite logique, provoquée par l'actualité, à son tonitruant éditorial sur « la France moisie ». *Le Monde* sous le bras, il claironnait sur le trottoir comme du Haendel épique et glorieux. Son enthousiasme m'épuisait. Sa volubilité me laissait sans voix. Il semblait tellement épargné par l'incertitude, si peu rongé par l'angoisse, il y avait chez lui, venue de je ne sais où, une fiévreuse détermination à exister. Avant de repartir pour le front en guerrier courageux qu'on a drogué, il mit sa main cardinalice sur mon bras négligeable, approcha son visage du mien et me murmura : « Dites, c'est vrai ce que m'a dit Jean-Claude, vous avez signé avec la Gottwald ? » Je bafouillai un « oui » gêné. Il rigola, me lança un « sacré coquin ! » et tourna les talons, sans que je sache s'il m'approuvait ou me condamnait.

Je repris mon hésitante pérégrination. Une pluie fine tombait à l'oblique et lavait avec délicatesse la vieille pierre jaune du quai de Conti. Devant l'Académie, éclairée pour la séance du dictionnaire, je pensai à tous ces écrivains vieillissants qui, en fait de vanité, avaient eu la lucidité d'offrir une honorable retraite à leur désabusement et une coupole à leur œuvre coulante, moelleuse, comme on met, sous une cloche, un fromage odoriférant, affaissé sur lui-même. C'est parce qu'ils ne croyaient guère à leur destin littéraire et qu'ils avaient passé l'âge de regretter leur jeunesse insolente que la plupart d'entre eux jouaient chaque jeudi, en habit, l'épée menaçant leur fragile équilibre, la comédie des grandeurs d'établissement, la tragédie de ces vies épuisées auxquelles le temps donne un sursis inutile.

Le mien, de temps, était compté. Je pensai au préambule, que je connais par cœur, de la *Vie de Henry Brulard*, mon antidépresseur. Le 16 octobre 1832, Stendhal, qui porte un pantalon blanc de facture anglaise, contemple Rome depuis les hauteurs du mont Janicule, dans la lumière tiède que favorise un léger vent de sirocco. Dans trois mois, il va avoir cinquante ans. Ce que, inventant le SMS avec deux siècles d'avance, il traduit par « *J. vaisa voirla5.* » Il s'assied sur les marches de San Pietro in Montorio. Son corps est lourd, son âme légère. « Il serait bien temps de me connaître. Qu'ai-je été, que suis-je, en vérité je serais bien embarrassé de le dire. »

Sur les doigts des deux mains, le consul de France à Civitavecchia tient la comptabilité de ses amours malheureuses. Il s'amuse de ce que l'on pense de lui. Il prétend ne pas savoir lui-même s'il a le caractère triste ou gai, s'il est courageux ou peureux, dans quelle mesure, enfin, il a de l'esprit. C'est très important pour lui, d'avoir de l'esprit. Pour y voir plus clair, il écrit ses souvenirs à la hâte, à la Rossini, mais il ne les mène pas jusqu'à leur terme. C'est un égotiste que l'introspection ennuie ; un mathématicien qui se méfie de la faculté qu'a la littérature de grossir le trait, d'entretenir le vague et d'encourager l'hypocrisie. Ses mémoires bavards, répétitifs et désordonnés restent à l'état de merveilleux brouillon, plein d'ellipses, d'anglicismes, de chiffres et d'abréviations destinés en même temps à égarer la police pontificale, à éviter la déclamation et à faire de soi, pour soi, une figure géométrique dont le centre demeure invisible. Finalement, il abandonne sa vie en cours de route, lui préfère *Lucien Leuwen* et *La Chartreuse*. Après quatre cents pages d'aveux, il prend congé de lui-même à Milan, la ville du bonheur, et, dans une ultime phrase, une dernière pirouette, récuse sa propre entreprise autobiographique : « On gâte des sentiments si tendres à les raconter en détail. »

Moi aussi, j'allais avoir cinquante ans mais je n'avais guère envie de me connaître et mon roman n'avançait pas. Par la rue des Martyrs, je remontai en ahanant sur mon Janicule parisien où des prostituées fatiguées et trop peintes m'appelaient « chéri » comme des Roumains font la manche aux feux rouges, avec un doucereux mélange de supplique et de haine.

VI

L'aube était pisseuse. Roissy semblait dormir encore. D'une porte excentrée du terminal 2, située loin des boutiques de luxe et des comptoirs chics, réservée d'évidence aux charters et aux compagnies pauvres, jaillit une troupe compacte de K-way froissés, de manteaux démodés, de parkas US, de cabans, de costumes gris mal coupés, qui portait des sacs à dos multicolores et poussait sur des chariots de bedonnantes valises, ceinturées avec de grosses cordes. On aurait dit un retour de jamboree communiste, ou de pèlerinage de la jeunesse chrétienne. Les visages étaient blêmes, les yeux rouges évoquaient la myxomatose des lapins. Les hommes, pas rasés, la chemise blanche boutonnée jusqu'au col, avaient tous quelque chose de M. Prescovic, dans *Le Père Noël est une ordure*, et les femmes ressemblaient à ces entraîneuses rondouillardes de patineurs ukrainiens ou biélorusses qui sourient à la caméra, même quand les notes du jury sont mauvaises.

Klara restait en retrait, figée derrière une barrière métallique et des lunettes noires. J'étais passé la prendre chez elle à cinq heures du matin, et on avait filé sur l'autoroute du Nord dans un silence d'hôpital. Au volant, j'avais bien tenté un « ça doit vous faire drôle de retrouver votre sœur » et un « vous croyez que vous allez la reconnaître ? », mais Klara restait de marbre, tirant de ses premières cigarettes extra-fines des soupirs exaspérés auxquels je répondais par des soupirs compassionnels. À peine étais-je entré dans son agence que je tenais déjà mon rôle d'*escort boy* avec un naturel pathétique. Évidemment, on était arrivés à l'aéroport avec une heure d'avance. On avait bu un café dégueulasse dans le seul bar ouvert. Et lorsque le vol de la CSA en provenance de Prague avait été annoncé, on avait fait le pied de grue devant la porte vitrée qui s'était enfin ouverte sur cette cohorte à la fois hébétée et pressée.

Il était facile de reconnaître Hilda, elle était la dernière, elle marchait avec circonspection et elle avait de la classe. Dans son manteau beige à chevrons et son pantalon anthracite en sergé, on aurait dit une dir'com' en voyage d'affaires. Elle avait les cheveux courts et blonds, à la Jean Seberg, et le visage de Klara, en plus émacié, en plus masculin. Elle chercha les yeux de sa sœur, qui enleva alors ses lunettes noires. Elles s'approchèrent l'une de l'autre et s'embrassèrent sans effusion. Un étrange protocole pesait sur ces retrouvailles dont j'étais le témoin godiche. Je me souviens de mon étonnement quand je les entendis échanger leurs premiers mots en français. On aurait dit que c'était leur langue maternelle. Klara me présenta en disant sobrement que j'étais « un ami romancier ». J'esquissai un sourire mièvre, Hilda hocha la tête, je me baissai pour porter jusqu'au parking sa grosse valise.

Ma Peugeot 307 SW sentait le chien mouillé, le cigarillo et le vieux cuir de selle mixte mal graissée. Klara monta devant, Hilda derrière. Je conduisais doucement, souplement, avec la négligence onctueuse qu'affectent, l'œil rivé sur l'horizon, les impénétrables chauffeurs de grande remise. En sourdine, Radio Classique diffusait le *Stabat Mater*, de Pergolèse. Klara ne posa aucune question à sa sœur. Elle balaya, en quelques phrases lapidaires, ses inquiétudes à propos de l'attentat : elle n'était pas visée et la charge explosive avait été placée « par mégarde » sous sa Smart. D'ailleurs, les enquêteurs ne lui avaient plus fait signe, peut-être même avaient-ils déjà classé l'affaire sur l'étagère poussiéreuse des énigmes irrésolues. « Tu as eu tort de t'affoler, dit-elle sèchement à Hilda, ça ne méritait vraiment pas que tu te déplaces… Enfin, si ça peut te rassurer de me voir en chair et en os ! Au moins, tu auras visité Paris. » Quand elle ne se taisait pas, elle persiflait. Incorrigible peste

Le visage pâle collé sur la vitre, la petite sœur de Prague regardait défiler les paysages ferrugineux de la banlieue Nord, les barres des quatre mille, les rangées poussiéreuses de peupliers maigres, la carcasse de poulet géant du Stade de France, et puis, après le long tunnel, les tours avec leurs enseignes publicitaires qui bordent le périphérique, presque vide en ce dimanche matin. À un moment, Hilda murmura, comme si elle se parlait à elle-même : « Maman et papa sont morts. » Je cherchai ses yeux dans le rétroviseur, mais Hilda était déjà retournée au spectacle de Paris dans la lumière ardoisée du petit matin. À mes côtés, Klara ne broncha pas. Elle avait son profil d'acier. Aucune émotion ne semblait pouvoir pénétrer son armure. Hilda répéta : « Maman et papa sont morts. » Le ronronnement du diesel et les cuivres de Pergolèse, et ses douloureuses voix de haute-contre, rendaient le silence plus lourd, plus gras.

L'atmosphère était vraiment pénible. Au risque d'énerver Klara, je pris sur moi de la briser et interrogeai Hilda.

« Combien de temps comptez-vous rester à Paris ?

— Je n'en sais rien, ça ne dépend pas de moi.

— C'est la première fois que vous y venez ?

— Physiquement, oui. Mais j'ai beaucoup visité Paris dans les films et dans les livres. Les livres, surtout. J'ai beaucoup appris dans *Paris la grande*, de Philippe Meyer et dans *L'invention de Paris*, d'Éric Hazan. Je leur ai écrit, ils m'ont répondu très gentiment. Depuis, chaque fois que j'ai besoin, pour mes cours, d'un renseignement sur tel ou tel quartier, je leur envoie une lettre. C'est Hazan qui m'a raconté qu'autrefois, Passy était recouvert d'orangeries, de volières en filigrane d'or et de grottes tapissées de verdure. Je croyais que le Marais venait de "marécage", il m'a expliqué qu'en lieu et place de ce quartier, il y avait des jardins maraîchers. Et que c'était Laclos, oui, votre Laclos des *Liaisons dangereuses*, qui avait inventé le système de numérotation des rues. C'est aussi sur son conseil que j'ai acheté la réédition du *Tableau de Paris*, de Louis Sébastien Mercier que j'adore. Alors, Paris, je connais !

— Et qu'est-ce que vous faites, à Prague ?

— J'enseigne le français dans un collège. Un collège catholique. »

Klara se tourna vers moi et me foudroya du regard, dans le style « mêlez-vous de vos affaires ». Je fis mine de ne pas avoir remarqué son énervement.

« Et vous êtes mariée ?

— Non, je vis seule. Enfin, seule... Je m'occupe d'un grand garçon depuis sa naissance. Il s'appelle Milan. Sa mère est partie un jour, elle n'a plus donné signe de vie, alors je la remplace comme je peux. Il n'est pas facile, Milan. Trop de caractère, pas assez de tendresse. Mais il est doué. Ce sera un artiste. Il a la chair à vif. Il peint beaucoup, avec des couleurs tristes, si tristes... Tu vois ce que je veux dire, Klara... »

Mais Klara ne parlait toujours pas, fumant cigarette sur cigarette. Je sortis porte Maillot et remontai l'avenue de la Grande-Armée. « L'Arc de triomphe », lâcha Klara, sans se retourner, à l'attention de Hilda. « Les Champs-Élysées », ajoutai-je avec le flegme amusé du guide touristique. Mais décidément, l'humour ne passait pas. Je laissai les deux sœurs au bas de l'avenue George-V. Hilda allait en effet habiter chez Klara. On me remercia d'avoir « fait le taxi » et on s'engouffra dans la haute porte cochère.

J'étais médusé. J'ai beau n'avoir aucune illusion sur la vie de famille et ce qu'on appelle les liens du sang, je ne comprenais pas comment deux sœurs, qui ne s'étaient pas vues depuis plus de trente ans et n'avaient même pas échangé une carte postale, avaient si peu à se raconter. C'est Klara, surtout, qui m'impressionnait. Son incapacité à baisser la garde. Sa faculté à toujours tenir son rang. Sa haine suspecte des sentiments. Et son obstiné déni du passé. J'aurais payé cher, ce jour-là, pour savoir ce que cachait sa raideur de statue royale, son marbre froid.

À la maison, je trouvai un mot griffonné à la hâte par Laetitia. Elle était partie voir sa famille à Nancy, pour la journée. J'en profitai pour aller monter le cheval d'un ami au haras de Jardy. Il y avait la foule dominicale des badauds. Et je n'aimais l'équitation qu'en solitaire. Je descendis après une heure de travail sur le plat, sans avoir réussi à m'entendre avec ce selle français paresseux et bougon qui jugeait mes demandes incongrues et opposait, à mes aides sournoises, une phénoménale résistance passive. Il ne voulait rien entendre. Il ressemblait à Klara.

Avant de rentrer chez moi, je m'arrêtai dans un salon de massage thaïlandais. Dans un parfum d'encens et sur un air apaisant de mor lam, une jeune femme cérémonieuse me caressa longtemps les jambes et le dos avec des huiles fruitées. Je m'assoupis, bercé par le vent tiède d'un rivage lointain, et me réveillai lorsque, d'une voix chuchoteuse, elle me pria de me retourner. Ses mains glissèrent doucement jusqu'à mon sexe, qu'elles saisirent comme de la terre glaise, pour une sculpture éphémère. C'était bon.

Ce soir-là, j'écrivis sans m'arrêter. Le plaisir était revenu

VII

Dieu sait que j'en ai vu, dans mon milieu, des femmes et des hommes que je croyais connaître et qui, du jour au lendemain, ont été défigurés par l'usage du pouvoir, amaigris par le régime de la tyrannie, tordus par la jalousie, déformés par la vanité, ulcérés par la faculté, à laquelle ils n'étaient pas préparés et qu'ils ne se soupçonnaient pas, de nuire pour construire, d'écraser pour briller, de tuer pour survivre. J'en ai tellement vu que, désormais, le spectacle de la métamorphose et le théâtre des palinodies me laissent parfaitement froid. Et pourtant, Hilda Gottwald relève, selon moi, du cas d'espèce. Avant elle, je n'avais jamais rencontré quelqu'un d'aussi prompt à s'adapter, à tromper son monde, à passer du statut de victime à celui de gouverneur.

Depuis que j'étais allé l'accueillir à Roissy, il y a deux mois, je ne l'avais plus croisée. Il est vrai que je m'étais remis à travailler dur et que j'avais revêtu ma tunique monastique. Mon manuscrit grossissait et, parfois, palpitait ; je le soignais, le peignais, le pansais comme un animal vivant et domestique. Je ne sortais que pour aller aux projections de films et enregistrer, avec une lassitude professionnelle, la chronique de l'émission hebdomadaire où j'avais un strapontin. Construite pour l'essentiel autour de l'interview d'un cinéaste en promo ou d'un comédien à la ramasse, elle était animée par un vieux beau hâlé, bavard, nostalgique des années Brassens, un retraité de France Inter qui jouait les prolongations et arrondissait ses fins de mois dans cette radio associative dont le slogan était : « Radio Bonheur, c'est rien que du bonheur. » Je ne prenais même plus le temps de monter. Et je laissais le plus souvent Laetitia dîner avec ses copines, s'éloigner chaque jour un peu plus de mon livre en cours, de mon égoïsme à la dérive, de ma vie.

Jean-Claude, toujours vexé, ne m'appelait plus. Et Klara déposait, sur le répondeur de mon portable, les mêmes messages faussement affectueux qu'elle distribuait, une fois par semaine et, j'imagine, selon une liste établie par sa secrétaire, à tous ses protégés : « Je pense à toi. J'espère que tu bosses bien. Donne-moi vite des bonnes nouvelles. Je t'embrasse, toi », car elle était passée, pour mieux signifier son empire, du vouvoiement de curiosité au tutoiement de routine.

À la mi-mai, je partis pour le festival de Cannes. C'était encore l'époque où j'y allais pour me perdre. Pendant dix jours, merci Radio Bonheur, je vivais en autarcie, hors du temps et de la réalité, dans un monde parallèle ignorant du monde en marche, une manière de principauté qui frappait sa monnaie — un alliage précieux d'euro et de dollar —, imposait le port ostentatoire de multiples badges, où il convenait d'être polyglotte, nyctalope et ubiquiste, de pouvoir troquer avec naturel le bermuda soldé aux Nouvelles Galeries contre le smoking loué au Cor de chasse, de savoir quitter la terrasse d'un palace pour le gazon trop vert d'une villa camouflée sur les hauteurs ou, plus chic encore, le pont en teck d'un trois-mâts, de courir sans cesse après les heures, de sommeiller au soleil et de s'endormir au petit matin.

Les quatre ou cinq films quotidiens se superposaient, les couches de pellicules s'ajoutaient les unes aux autres, les images finissaient par se confondre, les continents s'embrassaient, les nations se dissolvaient, et les fêtes sur les plages peuplées de jouvencelles à la peau caramel, piquées de flambeaux sahariens, parfois augmentées de happenings pyrotechniques, prolongeaient les rêves et les cauchemars que, dans la journée sans jour, le cinéma avait secrètement fabriqués. Il arrivait que des frottements de peaux fatiguées se terminent, dans le sable ou les draps, par des accouplements furtifs, anonymes, sans lendemain, sans passion. La routine, quoi.

À la fin de chaque mois de mai, je revenais épuisé du festival comme si j'avais tenté une expédition dans l'Himalaya ou expérimenté, au Rajasthan, des drogues psychédéliques. Laetitia ne m'accompagnait jamais : elle refusait, par principe, de mettre une robe longue et de se maquiller pour aller voir un film dans la chaleur du presque été, jugeait grotesque le cérémonial de la montée des marches entre deux haies de CRS en tenue d'apparat, détestait les dîners officiels où il faut faire la causette avec des attachés commerciaux de L'Oréal, sourire à des consuls à la retraite, feindre de respecter les conseillers techniques de sous-secrétaires d'État, et trouvait enfin que le spectacle de vieux producteurs liftés dansant avec des nymphettes siliconées dans la boîte de Canal Plus touchait au film d'horreur. Que j'avance en outre des raisons professionnelles pour sacrifier au rituel cannois lui semblait le comble de l'hypocrisie et du ridicule. Son mépris augmentait mon goût pour la comédie qui s'y jouait.

Cette année-là, la sélection comptait des films assez puissants pour résister à la fatigue, à l'ennui et à l'indigestion des festivaliers. Je me souviens notamment de la fanfare cuivrée de Kusturica dans la neige des montagnes serbes, du Tchaïkovski glissé par Godard dans *Notre musique*, de la bruyante moto d'Ernesto Guevara sillonnant l'Amérique du Sud, de la douloureuse beauté de Maggie Cheung dans *Clean*, le film d'Olivier Assayas, du pamphlet anti-Bush de Michael Moore, des instants d'audience enregistrés par Raymond Depardon à la dixième chambre du tribunal correctionnel de Paris, de l'odyssée futuriste de Wong Kar-Wai et de la circumnavigation œnologique de Jonathan Nossiter. Un kaléidoscope, en somme.

Klara dormait au Carlton mais recevait au bar du Majestic, plus proche du Palais des Festivals. Trois fois, elle m'avait appelé et demandé de la rejoindre à sa table pour me présenter à des producteurs auxquels, en vantant mes mérites, elle espérait vendre mes livres, surtout ceux que je n'avais pas écrits. Devant ses interlocuteurs, qu'elle épatait et séduisait, Klara, sa main de reine posée sur la mienne, dressait, en les regardant droit dans les yeux, mon portrait imaginaire : à l'entendre, j'étais doué d'une imagination débordante, mes romans étaient pleins de dialogues, et un scénariste digne des frères Wachowski sommeillait en moi. Tout cela était plus faux qu'un bijou en strass, mais ses talents de bonimenteuse étaient si redoutables qu'ils auraient fini par me convaincre moi-même. Lorsqu'elle avait fini son speech, Klara me restituait ma main, d'un signe de la tête me remerciait d'avoir fait le beau, me congédiait pour me renvoyer à la foule anonyme de la Croisette. J'obéissais comme un gentil chien-chien. Elle restait avec ses fortunés convives pour traiter d'affaires autrement plus importantes que ma petite *Tête froide* ou mon improbable « Armance, 2004 ». J'avais le désagréable sentiment d'appartenir à une mère maquerelle.

Et puis, un soir, c'était un vendredi, il y eut le fameux dîner que Klara organisait sur une terrasse privée du Martinez. Chaque année, pendant le festival, l'agence Gottwald recevait ses comédiens, ses réalisateurs, ses auteurs et surtout les producteurs français et étrangers qu'elle appelait, je détestais l'expression, ses « fidèles et loyaux partenaires ». Autour d'une dizaine de tables éclairées aux chandelles, on prenait date, scellait des alliances, célébrait, au champagne rosé, l'exceptionnelle santé financière et artistique de l'agence. Ce soir-là, il y avait notamment toute l'équipe du film d'Agnès Jaoui, qui venait d'être présenté dans la grande salle Lumière, où il avait reçu, mais qu'importe, un accueil mitigé. C'était en effet « un produit cent pour cent Gottwald ». Klara, très belle dans une longue robe à fourreau noir, prit la parole pour s'en féliciter et souhaiter la bienvenue à ses hôtes de marque. À peine s'était-elle assise que je vis Hilda se lever. Au début, j'eus du mal à la reconnaître. Je ne pouvais pas croire que l'austère, maigre et timide voyageuse du vol charter de la CSA qui traînait une valise en carton sur le lino de Roissy était devenue, en quelques semaines seulement, cette Bimbo affriolante, avantageuse et crâne.

Svelte, hâlée, poudrée sans excès, elle avait laissé pousser ses cheveux que le soleil de Cannes avait blondis exagérément. Elle portait une robe de tulle rouge dont le décolleté généreux faisait apparaître, lorsqu'elle s'inclinait, le profond sillon séparant équitablement deux seins lourds tapissés d'éphélides. Avec son couteau, elle fit tinter son verre à vin et, d'une voix qui portait, un papier dans la main, s'adressa aux invités : « Une minute d'attention, s'il vous plaît. Bonsoir à tous. Je suis ravie de vous accueillir ici avec ma sœur pour fêter non seulement le beau film d'Agnès mais aussi votre fidélité à notre agence qui ne serait rien sans vous tous. Tu me pardonneras, Klara, de dire "notre agence", mais c'est ma façon de t'exprimer ma reconnaissance pour m'avoir, dès mon arrivée en France, placée à tes côtés et encouragée à y grandir. Vous le savez tous, désormais, je suis particulièrement chargée des pays de l'Est, où l'agence Gottwald, pour laquelle la France est, comment dire, trop étroite (il y eut des rires dans l'assistance), ne cesse d'élargir son influence, de signer des accords, d'organiser des tournages. Vous l'avez sans doute lu ce matin dans *Le Film français*, nous sommes entrés dans le capital de deux grosses agences artistiques, l'une à Bucarest, l'autre à Sofia, et nous participons actuellement à la création de studios ultramodernes non seulement à Varsovie, mais aussi à Kiev. Et, croyez-nous, ce n'est qu'un début ! Pour tenir son rang et s'adapter à l'Europe nouvelle, l'agence Gottwald doit en effet aller de l'avant et offrir à ses comédiens, ses cinéastes, ses scénaristes, à vous tous, chers amis, un paysage plus vaste que la colline parisienne des Buttes-Chaumont où, jadis, vos aïeux tournaient, sur les plateaux de la SFP, des dramatiques destinées au seul public français. Ce défi, c'est le nôtre désormais, et nous vous remercions, ma sœur et moi, de l'accompagner avec votre talent, avec votre enthousiasme, avec surtout votre amitié... » Toute la terrasse du Martinez applaudit le discours d'Hilda. On leva les flûtes de champagne. Klara avait l'air heureux. Il faisait lourd. À l'autre bout de la jetée, un feu d'artifice illuminait la nuit des grandes illusions.

Pendant le dîner, Klara ne quitta pas sa chaise, où l'on venait la visiter et se confesser, tandis qu'Hilda passait de table en table. Elle serrait des mains, enlaçait des épaules, caressait des visages, chuchotait des mots complices, riait aux éclats, vidait des coupes, s'asseyait pour se relever aussitôt, donnait l'impression de tout savoir de ce festival où elle mettait les pieds pour la première fois de sa vie. Lorsque, précédée par un entêtant parfum de sauge et d'abricot, elle arriva à ma table, elle déposa un baiser rapide sur ma bouche et me glissa à l'oreille que le producteur de Tony Gatlif voulait me rencontrer. Et puis, délicieux feu follet, elle jeta son dévolu sur la table voisine.

Passablement éméché, je rentrai au Gray d'Albion à trois heures du matin. Mais je ne résistai pas au plaisir, avant d'aller me coucher, de boire un dernier verre dans la boîte de Canal. Les hommes avaient enlevé leur nœud papillon. Les femmes dansaient pieds nus. Les moins vaillants étaient échoués sur les poufs comme des méduses blanches. Régressive, l'ambiance musicale était aux seventies, à croire que le disc-jockey s'était branché sur MFM. Je pris un whisky sec. Au moment de remonter, je vis dans un coin enfumé, alanguie sur une banquette, une femme blonde que deux hommes en sueur pelotaient et embrassaient, c'était Hilda. Elle avait les yeux fermés, on eût dit qu'elle dormait. Elle semblait s'abandonner, sans plaisir, à un exercice sacrificiel et s'acquitter, avec scrupule, d'une fonction qu'on lui avait attribuée et dont elle s'appliquait à être digne jusqu'à pas d'heure. Il y a deux mois, elle était encore une enseignante prude et pauvre qui enseignait Ronsard et Du Bellay à des collégiens praguois, sous un Christ en croix. Et il avait suffi qu'elle surgisse, en prétextant de mauvaises raisons, dans la vie parisienne de Klara pour qu'elle tombe aussitôt sous son autorité et adopte, en accéléré, les méthodes du métier, les façons du milieu.

Klara me fascinait toujours, Hilda me faisait déjà pitié. J'imaginais la dureté avec laquelle l'aînée régnait sur la cadette. Je mesurais les efforts que la seconde déployait afin de ne pas décevoir la première. Pas un instant, en l'observant offrir son corps pulpeux à des mains boudinées et baguées, ne me vint à l'esprit que, peut-être, la néophyte cherchait à égaler la professionnelle et même à la surpasser ; que la pauvresse avait des crocs.

Je dormis peu et mal. Dans mes cauchemars, deux sorcières aux cheveux d'anges se disputaient un balai, et me donnaient des coups. À huit heures et demie, je me rendis, hagard, au Palais pour aller voir un abominable péplum enseveli sous les effets spéciaux digitaux, *Troie*, de Wolfgang Petersen, une sorte d'*Iliade*, version Gay Pride. Après quoi, j'allai me recoucher à l'hôtel. Il était midi, le festival était à son zénith.

VIII

J'essaie de ne rien oublier. J'écris ce livre pour mettre de l'ordre dans ma mémoire et calmer ma colère. Je tiens une sorte d'agenda rétrospectif. Parfois, mon souci d'être exact et de reconstituer les signes annonciateurs d'une tragédie que rien ne laissait présager me donne la désagréable impression de taper, avec deux doigts gourds, un rapport de police où la balistique serait sans cesse dérangée par des énigmes cabalistiques. Quelque chose, dans cette histoire, résiste en effet à la raison, aux lois scientifiques, éprouvées et éprouvantes, des drames antiques qui se répètent.

Je m'en veux de n'avoir jamais été effleuré par le moindre pressentiment. Je m'en veux d'avoir ignoré les avertissements de Laetitia. Je m'en veux de m'être préféré. Si j'avais cherché, dans la compagnie de Klara, autre chose que mon intérêt et l'avantageux reflet de ma petite vanité, si j'avais vraiment écouté Hilda, au lieu de la romancer, de la peindre selon mon imagination, de l'inventer pour mon seul plaisir, peut-être aurais-je vu venir, poussé par le vent d'Est, l'orage au-dessus de Paris.

Mais je suis égoïste, paresseux et naïf. Je m'accommode de mes défauts, ils sont très confortables. Cela m'arrangeait de croire que la voiture de Klara avait sauté toute seule ; que Hilda, le cœur sur la main, avait quitté Prague pour renouer avec sa sœur et lui apporter de l'aide ; que l'agence Gottwald était une entreprise saine, une famille unie ; et qu'écrire des livres m'autorisait à fuir et la réalité, et mes responsabilités.

Pour ma défense, je dirai que tout est allé trop vite. Dix, douze mois, pas davantage. Un tourbillon dans une vie. Je n'ai pas eu le temps de connaître Klara et Hilda, elles m'ont seulement frôlé. Si je fixe aujourd'hui leurs visages sur le papier, c'est sans doute pour me donner l'illusion d'avoir été leur ami. Je n'ai été que leur instrument. Ce livre est une réplique tardive et vaine à la pièce qu'elles ont jouée et où, avant de disparaître, elles ont triomphé. Maintenant que le rideau est tombé, mon application à en rédiger l'épilogue est assez ridicule. Mettons que cela me fait du bien et me désencombre.

Après le festival de Cannes, Klara et Hilda ne se sont plus quittées. En apparence, et sur les photos des magazines, elles étaient inséparables comme des jumelles. Elles formaient une association d'intérêts. Désormais, elles se partageaient le travail, les auteurs et les acteurs. L'agence bicéphale avait gagné en autorité mais suscité aussitôt le double de jalousies et d'hostilités. Dans Paris, où le machisme se nourrissait de xénophobie, et la peur des femmes de la haine du succès, on ne disait plus : « Méfiez-vous de la Gottwald, elle tuerait père et mère », mais : « Prenez garde aux sœurs de Prague, elles sont redoutables. » Elles l'étaient.

Au bureau, mais également en ville, elles avaient mis au point, afin de mieux exercer leur pouvoir et d'étouffer au sein de l'agence toute forme de rébellion, un procédé infaillible dont nous avions tous été, à des degrés divers, les victimes. L'une des deux convoquait, seule, un plaignant, en général un mal-aimé qui réclamait plus d'égards, elle le poussait dans ses retranchements, l'incitait, sous le sceau du secret, à dégoiser tous ses griefs contre la sœur absente, elle semblait même l'approuver, l'encourager, prenait un air plaintif, alors l'interlocuteur en rajoutait dans l'amertume, l'irascibilité, la rogne, et le piège se refermait doucement sur lui. Car, le soir même, réunies en conclave quotidien au cinquième étage de l'avenue George-V, les deux sœurs, assises sur leur devoir de réserve, faisaient le compte minutieux des confidences reçues et planifiaient de subtiles stratégies pour éteindre un incendie ici, calmer une tempête là, empêcher la fuite des uns, écraser les menaces des autres.

Du lundi au vendredi soir, elles se racontaient tout. Enfin, presque tout. Car jamais elles n'évoquaient le passé, leur pays sacrifié en 1938, kidnappé, occupé trente ans plus tard, la mort du père, et ce garçon qui avait grandi sans mère, que Hilda venait à son tour d'abandonner à son sort, et dont l'ombre portée dessinait, sur le visage de Klara, des cernes qu'aucun maquillage ne pouvait effacer.

Leur pacte était fondé sur l'amnésie. C'est Klara, je le sais, qui l'avait imposé. Elle n'avait admis la présence de sa petite sœur à ses côtés qu'à la condition de lui interdire toute allusion, publique ou privée, à leurs origines. Je suis même sûr qu'elle l'avait initiée au luxe, à la débauche, au pouvoir, pour mieux lui faire perdre ses derniers réflexes d'étrangère en exil, de Praguoise en voyage d'affaires. Plusieurs fois, en ma présence, Hilda avait tenté un « tu te souviens ? » ou un « ça me rappelle le jour où… » que Klara avait balayés, d'une main sèche, comme on chasse une mouche énervée sur la table.

Elle était si susceptible sur cette question que certains noms étaient tabous. Un jour où je parlais à Hilda de mon bonheur à découvrir *Le rideau*, de Milan Kundera, elle était entrée dans une colère sans nom et sans raison. Je ne faisais pourtant que lire, à haute voix, ce passage qui m'avait frappé : « Pendant l'un de mes premiers séjours à Prague après l'implosion du régime communiste en 1989, un ami qui avait vécu tout le temps là-bas me dit : c'est d'un Balzac que nous aurions besoin. Car ce que tu vois ici, c'est la restauration d'une société capitaliste avec tout ce qu'elle comporte de cruel et de stupide, avec la vulgarité des escrocs et des parvenus. La bêtise commerciale a remplacé la bêtise idéologique. » Et puis ceci : « À l'époque où le monde russe a voulu remodeler mon petit pays à son image, j'ai formulé mon idéal de l'Europe ainsi : *le maximum de diversité dans le minimum d'espace* ; les Russes ne gouvernent plus mon pays natal, mais cet idéal est encore plus en danger. » Hilda applaudissait, elle était aux anges, elle connaissait, de Kundera, *La plaisanterie*, *Le livre du rire et de l'oubli*, *L'insoutenable légèreté de l'être*, elle en parlait comme nous parlions autrefois, en France, de Camus ou de Sartre, mais elle ignorait qu'il écrivît désormais ses livres directement en français. Pour elle, Kundera, c'était le romancier tchèque qui, trois mois après l'arrivée des chars russes, avait fait venir à Prague, en signe de résistance, Julio Cortázar, Gabriel García Márquez et Carlos Fuentes, la trilogie latino-américaine. Klara avait éructé et claqué la porte, même naturalisé français, Kundera restait pour elle le symbole du génie *tchèque*, et c'est un adjectif qu'elle ne supportait plus. « Vous comprenez, avait ajouté Hilda d'une voix basse, papa lui ressemblait, il avait ce même visage carré, coupé à la serpe, ces gros sourcils d'homme bourru, ces épaules de bûcheron, cette tendresse maladroite et cette manière, lorsqu'on s'exprimait en français, de faire rouler les "r" comme des cailloux de rivière... Et puis, elle a prénommé son fils Milan, alors... » Alors, quoi ?

Le week-end, Klara disparaissait dans son presbytère des Yvelines. C'était son domaine privé, le seul où Hilda n'avait pas sa place. La cadette en profitait pour aller, le samedi, sur les tournages et déjeuner, le dimanche, à la Brasserie de l'Alma avec des vedettes auxquelles ce jour de repos donnait le cafard. C'était le moment où j'appelais Hilda. On se promenait des heures sur les berges de la Seine, dont le vert-de-gris lui rappelait, disait-elle, la Vltava. La marche la rendait bavarde dans la mélancolie. Elle me confiait tout ce qu'elle ne pouvait pas dire, tout ce qu'elle n'osait plus dire à sa sœur. Il m'arrivait aussi de l'emmener voir les chevaux au bois de Boulogne, à la Villette, à Vincennes ou Jardy. Elle était fascinée par leur haute taille, leur puissance, intriguée par leurs imprévisibles incartades, bouleversée aussi par la peur qu'elle lisait dans leurs yeux et qu'elle faisait sienne. Elle connaissait ma passion. Elle rêvait d'apprendre à monter « en amazone ». L'équitation lui avait toujours évoqué le charme évanoui des plaisirs occidentaux, le romantisme galopant du dix-neuvième français, l'élégance britannique, le raffinement des cuirs et des tweeds, une manière d'être droit dans ses bottes, un monde clos et inaccessible. Je lui avais promis de la mettre en selle. Je n'ai pas tenu parole. De cela aussi, je m'en veux.

Hilda me touchait. Je n'étais pas séduit par elle, mais j'étais ému. C'était une Klara qui aurait baissé la garde, une battante désarmée. J'aimais sa manière de m'expliquer que ses fanfaronnades cannoises étaient du bluff, cela me rassurait, qu'elle jouait aujourd'hui à diriger et que la facilité avec laquelle elle prêtait son corps à qui le souhaitait était un prolongement naturel du métier — « c'est professionnel, rien de plus ». Et elle ajoutait : « Vous comprenez, il faut que Klara soit fière de moi », et je trouvais ça terrible.

IX

Et puis il y eut cette étrange parenthèse dans nos vies bousculées, le festival américain de Deauville, aux premiers jours du mois de septembre. J'avais accepté la proposition d'un assistant de Lionel Chouchan de siéger dans un jury parallèle de courts-métrages pour le seul plaisir de retourner en Normandie, où je n'étais pas allé depuis l'époque, déjà lointaine, où nous louions chaque été, Laetitia et moi, une maison de pêcheurs à Trouville dont la façade penchait de guingois à la manière, paresseuse, des chalutiers dans le lit de la Touques, lorsque la mer se retire.

Comme on ne se baignait jamais, parce que l'eau était trop froide et que la plage était bondée, nous passions nos journées à découvrir à vélo le pays d'Auge, ses sentes ombragées, son bocage marin, ses prairies en pente douce, ses haras aux lices blanches, ses hameaux striés de colombages, ses pressoirs oubliés et ses églises désaffectées, au pied desquelles nous pique-niquions en écoutant parfois pleurer, derrière une porte en bois, un harmonium au souffle rauque.

J'avais gardé un souvenir ému de ces étés légers où la vie glissait en roue libre, poussée par une brise tiède et salée. Les paysages si doux, que je traversais en voiture pour me rendre au festival, me serraient le cœur parce que j'y avais été heureux avec Laetitia, et que ce bonheur n'avait pas duré, nous n'avions pas su le retenir, sans doute était-ce ma faute. J'avais l'impression d'avoir laissé sur ces collines, au creux de ces vallons, un peu de nous-mêmes, comme des traces de pas que le temps, refusant de les effacer, creuserait chaque jour davantage pour témoigner de notre insouciance et de ma faiblesse.

La bannière étoilée flottait sur Deauville. Je dormais au Normandy, dans une chambre d'angle, juste au-dessus du centre équestre où tournaient en rond des chevaux penauds, au même étage, m'avait susurré le portier bavard, que Rosanna Arquette, Al Pacino et Gena Rowlands. Le soir de mon arrivée, on projetait *Le Terminal*, de Spielberg. J'étais seul et j'avais le cafard. Je trouvais que Tom Hanks, soudain dépossédé de sa nationalité et de son passeport, égaré dans la zone neutre d'un aéroport, échoué entre la douane et la cafétéria, me ressemblait. Comme la sienne, ma vie devenait fantomatique. J'étais devenu un homme en transit et un romancier en stand-by. Je m'en voulais d'avoir accepté de participer à ce festival qui, une fois passé le week-end d'ouverture, était aussi triste qu'un repas de curistes dans le palace décati d'une ville d'eaux. La pluie de septembre ajoutait à la morosité des jours et à la monotonie des films américains.

Un matin, sur le marché quotidien de la place Morny, j'achetai des mocassins d'été à quinze euros, une livre de pêches blanches et, chez un bouquiniste, saisi par le relief et l'allégorie de la saynète, une vieille carte postale en noir et blanc qui représentait une remise de décorations militaires, en 1915, sur la plage de Deauville, en face du casino. De dos, droit dans des bottes munies d'inutiles éperons, les cheveux blancs frisottant sous le képi, un officier s'apprêtait à honorer cinq soldats au garde-à-vous dans le sable : un tirailleur sénégalais dont le bras était ceint d'une écharpe blanche, un zouave d'Afrique du Nord dont la tête était bandée, un Anglais sans blessure apparente reconnaissable à sa casquette, un poilu cul-de-jatte, un autre aveugle, à côté desquels se tenait, portant déjà une médaille sur la poitrine, une jeune infirmière en uniforme.

Cette photo suscita chez moi une émotion exagérée. Dans sa mise en scène, elle avait quelque chose de théâtral, de dérisoire et de pathétique. Elle montrait l'horreur de la guerre lointaine et l'insondable tristesse de ces hommes déracinés, venus pour certains du fin fond de l'empire colonial, qui avaient échappé à la mort et se survivaient, pantins démantibulés, sur le sable chaud d'une station en vogue de la Côte fleurie où un vieillard allait saluer, d'une voix chevrotante, leur vraie bravoure et leur inexplicable patriotisme.

Derrière cette haie d'honneur, on pouvait admirer, blanc comme une meringue, le fronton tout neuf du casino, qui avait fini d'être construit en 1913. À peine ce lieu de plaisir avait-il été édifié pour une clientèle cossue et cosmopolite qu'il était donc devenu un hôpital militaire. Il n'avait pas eu le temps de donner de l'illusion, il distribuait déjà de la morphine et pansait, sous les ors, les plaies ouvertes du monde. Dans la précipitation, on avait enlevé la moquette, déménagé le mobilier, protégé les immenses lustres, transformé les salles de réception en salles d'opération, créé un service de chirurgie plastique et un autre de radiographie, appelé à la rescousse les curés du canton pour donner l'extrême-onction aux agonisants et les sœurs franciscaines d'un couvent voisin qui, en marmonnant des prières à la Vierge Marie, s'appliquaient à confectionner des visitandines pour des bouches édentées. Chaque jour, les trains de marchandises déversaient à Deauville, portés sur des brancards, poussés sur des chaises roulantes, empilés sur des charrettes à bras, les corps brisés, les momies vivantes et les gueules cassées des Éparges, du Chemin des Dames, de Tahure, du bois des Caures, de Craonne, de Verdun ou de la Main de Massiges.

C'est l'entrée, par vagues successives, de la guerre des tranchées dans la bonne ville du duc de Morny, de l'effroi dans l'insouciance, qui me bouleversait. Là même où Gabrielle Chanel tenait boutique pour des jeunes filles en fleurs, où Apollinaire glanait des cancans pour son amusante chronique, où le maharajah de Kapurthala organisait des soirées en l'honneur de Mistinguett et de Maurice Chevalier, où le tir au pigeon le disputait chaque après-midi aux matchs de polo, la boucherie de l'Est avait soudain exposé son répugnant et odoriférant étal. Et dans ce casino où l'on jouait aux petits chevaux et donnait *La vie de bohème*, dans cette bonbonnière qui sentait l'Eau de Guerlain, le havane et l'opulence, on avait entassé des hallucinés, de gémissantes chairs brûlées, des survivants qui ne voulaient plus vivre, et des gamins rendus sourds par les canonnades auxquels même le bruit de la mer, la rassurante musique des flots bleus, était refusé.

Pendant deux jours, j'achetai tous les livres que je pouvais trouver sur la Côte fleurie pendant la Première Guerre mondiale. Je lus des témoignages des chirurgiens qui, à Deauville, avaient amputé, énucléé, trépané, ouvert et fermé les ventres, mais aussi des psychiatres qui avaient tenté en vain de calmer les fous, retour de l'enfer du front où ils avaient saigné le Boche à la carotide, brûlé des bataillons ennemis au lance-flamme, ramassé dans la gadoue les intestins, les cerveaux, les membres épars de leurs camarades éviscérés, et fini, pour survivre, par perdre la raison. Dans un numéro du *Réveil de Trouville-Deauville*, daté du printemps 1917, je tombai sur le reportage d'un localier qui s'était rendu au casino pour interroger un tirailleur sénégalais, lequel se vantait d'avoir coupé les oreilles de chaque Allemand qu'il avait abattu, ainsi qu'un lieutenant français, atteint dans la Somme par une grenade : avec un couteau, il avait lui-même achevé de se couper la jambe qui ne tenait plus que par des chairs meurtries. Au journaliste à qui il montrait fièrement son moignon, il disait qu'on pouvait reconstituer les phases des différentes batailles d'après l'attitude pétrifiée, le geste arrêté des morts, comme ceux de Pompéi racontaient la vie quotidienne des Romains au premier siècle. Il parlait aussi, non sans un certain plaisir rétrospectif, de la sensation d'élasticité que donnait le sol jonché de cadavres. Il regrettait presque son « gourbi ».

C'est au casino de Deauville qu'Isadora Duncan, « la danseuse aux pieds nus », avait choisi d'être infirmière bénévole. Hantée par la mort de ses deux jeunes enfants, ses deux petits noyés, elle domestiquait sa douleur en soignant, réconfortant, maternant nuit et jour les blessés. Parfois, quand l'aube se levait, elle allait danser seule sur la plage. Elle aima, ces années-là, le médecin-chef du casino qui avait tenté, en 1913, de sauver sa fille et son fils.

Et moi, je voulais abandonner « Armance » et, le festival américain décuplant mon ardeur, me lancer dans un scénario que j'écrirais, face à la mer, au dernier étage du Normandy. Je ferais se rencontrer un poilu convalescent et une femme de la bourgeoisie locale qui se serait consacrée aux rescapés du casino. Ce serait un mélange des *Sentiers de la gloire* et du *Patient anglais*. J'étais follement romantique et, croyais-je, inspiré. Je ne faisais en vérité que nourrir ma mélancolie et offrir de vieilles images à mon désarroi.

L'arrivée, à Deauville, des sœurs Gottwald mit un terme à mes rêveries, à mes cauchemars. Elles étaient venues pour la journée, sans me prévenir. Elles devaient déjeuner sur les hauteurs, à l'Hôtel du Golfe, avec des directeurs de la MGM. En tailleur clair et chaussures à talons, elles avaient choisi d'être à la fois élégantes et estivales. Un peu trop élégantes et un peu trop estivales. Voyantes, somme toute. Mais leur maladresse vestimentaire me touchait — signe qu'elles ne seraient jamais vraiment dans la norme. Au dernier moment, Klara autorisa Hilda à sauter le repas. Elle se sacrifiait et irait seule signer d'obscurs contrats avec des rangers bedonnants. Je proposai donc à Hilda de lui faire découvrir la région, qu'elle ne connaissait pas. On fit, en voiture, le tour des manoirs et des haras. On alla boire du cidre acidulé et goûter au poiré dans une cave obscure et fraîche de Saint-Philbert-des-Champs. Lorsqu'un paysage nous plaisait, on marchait, franchissait en riant les haies du bocage, levait des éperviers majestueux, cueillait des fleurs des champs et saluait des vaches endormies auxquelles elle donnait des sobriquets tchèques. L'air sentait l'herbe fauchée et les premiers fruits blets. Hilda me prenait la main, la serrait, elle ressemblait à une enfant émerveillée, elle m'appelait son « petit frère ». Je ne l'avais jamais vue si heureuse, si oublieuse.

Le soir, quand je ramenai Hilda, le tailleur froissé et les cheveux en bataille, à la gare de Deauville pour la rendre à Klara, qui l'attendait, droite et ferme, sur le quai, j'eus la prémonition qu'elle ne connaîtrait plus cette légère allégresse, qu'il n'y aurait plus d'autre récréation buissonnière, qu'il fallait déjà que je fixe dans ma mémoire ce bonheur volatile et que, peut-être, sous d'autres cieux, on aurait pu être effleurés par l'idée de s'aimer. Elle m'embrassa tendrement, monta dans le train où je vis, en ombre chinoise, Klara la morigéner. Ce soir-là, le casino, où j'errai seul entre les machines à sous, au milieu de Parisiennes décolorées et endettées, ressemblait à un hôpital militaire figé dans le formol.

X

Le dernier hiver fut trompeur. Disons plutôt qu'il m'a trompé. L'agence tournait en effet à plein régime. C'était vraiment la marche des impératrices. Klara ne savait plus où donner de la tête. Hilda la secondait avec efficacité et loyauté. Elles posaient volontiers, bras dessus bras dessous, dans les magazines people. Elles continuaient à s'habiller à l'identique, s'amusaient à passer pour des jumelles, pastichaient *Les Demoiselles de Rochefort* qui auraient survécu au drame de la séparation et, ensemble, auraient bien vieilli. En les voyant, certains croyaient même que le succès et la fortune fabriquaient quelque chose qui, de loin, ressemble à du bonheur. C'était un mensonge.

Klara, à qui je venais de donner à lire la première partie de mon roman, et qui, dans un café du Luxembourg où j'avais la désagréable impression que tout le monde nous écoutait, me conseillait d'être à la fois plus cruel dans les idées et plus osé dans les câlins, « allez, lâche-toi, déboutonne-toi, donne-nous du sang, du foutre, tu es encore trop délicat, bande plus fort, mon grand, fais-nous mal ! », elle avait raison, c'était décidément une sacrée lectrice, Klara, donc, me confia soudain ses inquiétudes. On était, puisqu'il s'agit d'être précis, comme diraient les inspecteurs qui m'ont interrogé, au début du mois de février.

« Tu vois, disait-elle sans me regarder, les yeux tournés vers le jardin métallique aux arbres gris et aux grilles noires, j'ai toujours été habituée à me battre comme une lionne, à griffer, à déchirer, à tuer. Mais décidément, je ne m'habitue pas à vaincre sans lutter. C'est trop calme, tout ça. Je ne le sens pas. Sans raisons, le chiffre d'affaires de l'agence a doublé en un an. On ne sait plus où placer nos bénéfices. Des concurrents qui voulaient ma mort me conjurent d'accepter une forme d'association, quelle qu'elle soit, y compris la plus humiliante pour eux. L'essence de mon boulot consiste à draguer pour conquérir, à plaire à des cons, à faire le siège des puissants, et voici qu'on ne cesse de me courtiser ! Tu sais que je suis la reine des hypocrites, j'ai toujours dit "oui" avec un grand faux sourire, et maintenant, je n'arrête plus de dire "non". J'ai l'impression d'être une douairière richissime entourée de mendiants aux abois dans une cour des miracles. Si je te sortais la liste des comédiens qui veulent entrer chez moi, tu serais ébahi : rien que des vedettes, le gratin, la crème, le nec plus ultra. Et tout ce joli monde me laisse, sur mon répondeur, des messages larmoyants, on dirait des prières d'agonisants, des suppliques de condamnés à mort ! Mais je ne peux pas les prendre, comment veux-tu que je puisse honnêtement m'occuper d'eux, on a déjà trop de monde sous contrat, on est au bord de l'implosion... Tes copains les écrivains, c'est pareil, ils dorment dans le bureau de ma secrétaire, bientôt ils feront la grève de la faim, ils me laissent des lettres d'amour sirupeuses ou carrément menaçantes, du genre "si vous refusez de vous occuper de moi, vous le paierez très cher". Je ne sais plus quoi faire... »

L'angoisse de Klara n'était pas feinte. C'était la première fois qu'elle m'en faisait part si directement. Avec le recul, je dois reconnaître qu'elle avait du flair. Elle sentait bien qu'elle était allée trop loin, qu'on ne la laisserait pas davantage régner seule sur le métier, et qu'il lui faudrait bientôt rendre des comptes. Même après plus de trente ans d'activité, elle restait, à Paris, une étrangère, une femme de l'Est. L'arrivée de Hilda avait ajouté à la suspicion générale. En somme, on eût toléré l'agence Gottwald si elle n'avait pas progressivement occupé tout le terrain, si elle n'avait pas eu le monopole dans un milieu soucieux de sa diversité et, surtout, si elle ne s'en était vantée.

« On me veut du mal », lâcha soudain Klara. Je pris un air étonné. « Je ne peux pas être plus précise pour l'instant, mais il se passe des trucs bizarres autour de moi depuis quelques semaines. Parfois, dans la rue, je suis certaine qu'on me suit. Au courrier, j'ai reçu des lettres anonymes, et même de petits cercueils en bois. La nuit, le téléphone sonne, et j'entends dans l'appareil des enregistrements de rafales de mitraillettes... » Je lui demandai si elle avait une idée sur l'origine de ces persécutions, elle ne répondit pas. C'est comme si elle dialoguait avec les platanes décharnés du Luxembourg. « Depuis qu'on a fait sauter ma bagnole, j'ai peur... » Moi qui pensais qu'elle avait classé l'affaire aux pertes et profits. J'essayai de lui arracher un début d'aveu, mais rien ne venait, elle était enfermée dans son cauchemar éveillé. Et puis, tout à coup, elle se mit à pleurer. Je n'avais jamais vu Klara pleurer. C'était une fontaine compressée, d'où jaillissaient de toutes petites larmes argentées et des jappements de chiot. Je voulus lui prendre la main, elle repoussa la mienne avec une violence exaspérée, presque de la méchanceté.

Dans le café, les gens nous regardaient avec curiosité, ils devaient imaginer que j'étais un bourreau des cœurs. Je tentai alors des paroles apaisantes, elles étaient idiotes, comment auraient-elles pu être intelligentes, je ne comprenais rien au spectacle de désolation dont j'étais le témoin accidentel, et l'écorce fripée de Klara continuait d'exsuder de la résine de sanglots, de la gomme de désespoir, du lait noir. Cela dura un temps fou. J'étais paralysé. Je n'arrivais pas à me lever, je ne me décidais pas à partir. C'est alors qu'elle sortit un mouchoir de son sac, s'essuya les yeux, alluma une cigarette, commanda un pastis d'une voix autoritaire et, me souriant comme si elle se réveillait, me demanda de l'excuser. « C'est la mort d'Humbert qui m'a chamboulée… » Et moi, pauvre imbécile, qui l'ai crue, ce jour-là !

Attention, je ne dis pas que Klara n'ait pas été touchée par ce drame. Il nous avait tous frappé comme la foudre. Que je sache, elle n'avait jamais été l'intime de ce producteur aussi oriental qu'elle était slave, aussi casse-cou qu'elle était raisonnable. Mais ils avaient tous deux en commun d'être nés la même année, en 1954 (il avait fallu du temps pour qu'enfin elle m'avoue son âge réel), et d'avoir, gigantesque, abyssale, une part d'ombre. C'est peut-être cette contemporanéité et ce grand art de la dissimulation qui avaient atteint, chez Klara, une zone très sensible, invisible.

La veille, Humbert Balsan était arrivé à neuf heures du matin au siège d'Ognon Pictures. Il s'était enfermé dans son bureau dont la fenêtre donnait sur l'église Saint-Eustache. Il avait ouvert

Le ver luisant, livre dans lequel son père racontait sa déportation, pour faits de résistance, au camp de Mauthausen, et ses trois années d'enfer. Au milieu des piles de paperasse et de vieilles cassettes, dans une odeur âcre de cigare froid et de bandes magnétiques, une bouteille de beauséjour grand cru classé ouverte sur la table, il s'était pendu.

Il avait cinquante ans, une haute taille, le teint hâlé, une femme, Donna, deux filles, une maison à Aix-en-Provence, beaucoup de dettes et un catalogue singulier, très jeune France et vieille Égypte, où l'on trouvait notamment *Adieu Bonaparte, L'émigré, Le destin*, de Youssef Chahine, des films de James Ivory et de Philippe Faucon, *Y aura-t-il de la neige à Noël?*, de Sandrine Veysset, *Post coïtum, animal triste* et *Travaux*, de Brigitte Roüan, *Mimi*, de Claire Simon et *Quand la mer monte*, de Yolande Moreau. « Dans le cinéma, se lamenta Klara, l'indépendance a un prix, et il est faramineux. »

J'avais rencontré Balsan deux ou trois fois, dans des cocktails d'après projections. On avait parlé de l'adaptation, par Michel Mitrani, du *Balcon en forêt*, dans lequel il jouait, il avait alors vingt-cinq ans, un rôle d'officier de la drôle de guerre perdu dans la forêt noire des Ardennes. Il m'avait interrogé sur Julien Gracq, dont la solitude et le silence angevins l'intriguaient. Il avait du panache et le goût du secret. Malgré ses origines argentées — il appartenait à la riche dynastie Wendel-Seillière —, c'était un aventurier qui avait tout fait pour sortir de sa naissance. Il aimait le désert, le cinéma arabe, la chaleur de la Provence et l'incandescent art lyrique. Il tenait du Quichotte et du Condottiere. Plus un côté pirate de haute mer. Il disait que faire un film, c'était « tâtonner » et rien d'autre. Même s'il en rajoutait dans la comédie des apparences, mâchouillant son gros havane, appuyant sur le champignon de sa Mercedes, portant à merveille des costumes de lin, ce flambeur restait pour moi le beau chevalier Gauvin de *Lancelot du lac*, un cavalier à l'ancienne qui préférait l'exploit à l'esthétique, toujours dans l'intrépidité et le galop de chasse. C'est d'ailleurs Bresson qui, me disait-il, avait déterminé, en 1974, sa carrière dans le cinéma. Il avait fait aussi l'acteur chez Rivette, Pialat, Schlöndorff, Rappeneau et Ivory, mais ce sont la lumière de la baie d'Arcachon, les chevaux fougueux de ses vingt ans et la caméra de l'austère Robert Bresson qu'il regrettait. Il me donnait l'impression, à la manière des héros de Stendhal qui tendent leurs filets trop haut, de s'être trompé de siècle et de jouer, en forçant le trait, un personnage de roman démodé. Il venait de cesser enfin de composer et l'acariâtre Klara pleurait.

« J'irai à son enterrement », me dit-elle, comme si elle regrettait secrètement de l'avoir manqué, de n'avoir rien vu venir et, peut-être, de l'avoir parfois raillé. « C'est à l'église Saint-Philippe-du-Roule, à dix heures trente. Tu ne voudrais pas m'accompagner ? » Mais j'en avais marre de l'accompagner chaque fois qu'elle fléchissait.

XI

J'avais beau pressentir que cela arriverait un jour ou l'autre, je fus tout de même surpris. En rentrant tard de la radio, je trouvai sur la table de la cuisine un mot sec et bref de Laetitia :

« Je suis sortie. Ne m'attends pas. Je ne rentrerai pas. La comédie a assez duré. Jusqu'à maintenant, je ne t'aimais plus. Ce qui est nouveau, c'est que je déteste ce que tu es devenu. Je sais aussi que tu te fous de mon opinion comme de mes sentiments. Je te plains plus que je n'ai pitié de moi. Tu es pathétique et nous sommes ridicules. Ça suffit. J'ai envie d'un homme, un vrai, et de faire des enfants. Pas d'un gigolo. Tu m'as étouffée. J'ai besoin de vivre. Tu iras pleurnicher dans les jupes des sœurs Gottwald, je suis sûre qu'elles te réconforteront très bien. Salut, petit cabot.

Laetitia

PS 1 : tu peux compter sur moi pour ne pas lire ton bouquin, si seulement il paraît !

PS 2 : n'essaie même pas de me joindre, j'ai changé le numéro de mon portable. »

À mon grand étonnement, j'eus mal. Il me restait donc un fond de mauvaise conscience. J'avais bien mérité la cruauté de Laetitia. Je l'avais trop négligée. Je lui avais trop menti. Je m'étais installé depuis des années dans le confort de l'indifférence et l'hypocrisie politique de la cohabitation. Je n'avais même pas eu le cran de mettre un terme à notre histoire, qui avait cessé depuis belle lurette d'en être une. C'était elle, encore une fois, qui avait pris la décision qui s'imposait. Saisi d'un doute, j'allai dans notre chambre. Sa penderie était vide et mon linge sale, éparpillé sur notre lit avec un art de paysagiste dominé par la tempête. Elle était vraiment partie. Elle ne laissait derrière elle que son mépris pour moi, la crasse de la passion morte et un peu de haine froide. Elle m'abandonnait à mon égoïsme, à ma lâcheté et à mes brouillons. Je devais m'en accommoder.

J'appelai Klara, elle était sur répondeur. J'appelai Hilda, elle répondit. Mais elle avait une voix étrange. Elle m'écouta raconter mes déboires sans y prêter d'attention. C'est tout juste si elle savait que je vivais avec Laetitia. Elle s'était habituée à me traiter en célibataire et je m'étais accommodé de paraître indépendant. Énervée par mes jérémiades, elle me proposa de boire un verre au bar du Fouquet's.

Je n'eus pas l'occasion, cette nuit-là, de prolonger le récit désabusé de ma mésaventure. Hilda, le visage hâve, les traits inquiets, avait apparemment d'autres soucis que mes petits déboires conjugaux. Je pleurnichais, elle criait à l'aide. Je crus un instant qu'elle faisait allusion aux menaces grandissantes et récurrentes dont sa sœur était l'objet. Mais c'était plus obscur. Elle parlait soudain dans une langue étrange, une sorte d'espéranto du désarroi, en mélangeant à ses soupirs des mots tchèques, français, anglais et des images de nulle part. Le troisième gin tonic ajoutait à sa confusion bavarde. Elle monologuait sans me regarder. Elle prenait le velours et les lumières tamisées à témoin de son affolement.

Je crus enfin comprendre que, le dimanche précédent, lasse d'être cantonnée à Paris et mue par la curiosité, Hilda avait enfreint la règle tacite selon laquelle seule Klara avait le privilège de disparaître dans sa gentilhommière des Yvelines. Elle aurait sauté dans un taxi et pris sa sœur en filature jusqu'aux portes du « domaine réservé ». Cachée derrière un muret, elle aurait assisté à un mystérieux, incessant ballet de voitures et vu plusieurs vedettes de l'agence s'engouffrer dans la grande bâtisse aux volets clos.

Elle aurait entendu des cris bizarres, des gémissements, des éclats de rire, des mots salaces. Et elle était rentrée à Paris avec la conviction que les week-ends de Klara n'étaient pas de tout repos et qu'elle camouflait, dans son antre campagnard, une autre vie, un travail moins reluisant, une manière de société secrète. Elle répétait : « Ça sent pas le propre » en raclant les « r » et en faisant la moue. Elle avait l'intuition que Klara courait à sa perte. Elle ne comprenait pas la fonction dévolue à cette maison, elle ne comprenait pas pourquoi elle en était tenue éloignée, elle ne comprenait pas la raison pour laquelle Klara gardait le silence sur ses escapades hebdomadaires, elle ne comprenait pas non plus ce que les acteurs de l'agence, et non des moindres, venaient faire là-dedans. Hilda était à cran. C'était la première fois que son visage exprimait, outre de l'inquiétude, de la colère et de la rancœur. Je m'étais habitué à ses exercices de diplomatie, je découvrais une fille sanguine avec des gestes de flic et des grimaces de prêtre.

Je tentai de jouer les analgésiques. Sous l'effet de mes paroles apaisantes et de l'alcool, Hilda se calma un peu. Elle était hébétée comme une femme trompée. Mais la trêve fut brève. Elle repartit de plus belle et j'étais fatigué. « Arrête, lui dis-je, de faire ton cinéma. Ta sœur a tout de même le droit d'inviter des amis à la campagne. Elle peut organiser des week-ends et faire la fête sans que ça soit des orgies ! Et puis, vu son état actuel, je suis sûr que ça lui fait du bien de se détendre un peu. Il y a trop de gens, tu le sais, qui lui veulent du mal. Si elle n'allait pas à la campagne le samedi, elle ne tiendrait pas le coup. C'est son bol d'oxygène. Tu ne vas pas le lui retirer ! »

Mais Hilda ne voulait rien entendre. On aurait dit qu'elle avait vu un monstre dans la forêt : « Tu es vraiment naïf, mon pauvre garçon ! Moi, j'ai connu Klara adolescente. Je sais de quoi elle est capable. J'ai cessé, à cette époque, de compter les mecs qui défilaient dans son lit et les vies qu'elle s'amusait à détruire autour d'elle. Elle peut tout brûler du jour au lendemain. Sa réussite en France est un paravent. Tu es aveugle ou quoi ? Elle ne croit en rien. Elle ne respecte rien. Elle n'a aucune morale. C'est ma sœur, je connais ses attirances pour la merde et sa faculté à flatter chez les gens, pour mieux les tenir, les posséder, ce qu'il y a de plus bas en eux. Je suis certaine que, trente-cinq ans plus tard, les égouts de Prague continuent à se jeter à flots continus dans cette maison trop française... Mais ça, tu ne peux pas comprendre. Tu es trop correct. Tes petits problèmes bourgeois de couple rangé me font rigoler. Tes affres d'écrivaillon, tu crois que ça intéresse qui, franchement ? T'as rien connu, rien vécu. Tu n'as jamais vu, toi, des chars étrangers pénétrer la nuit dans ton pays et fracasser tes rêves sur leur passage. Tu n'as jamais été empêché d'écrire, de parler, de vivre. L'invasion et l'exil, tu ne sais pas ce que c'est. Toi, quand tu franchis une frontière, c'est pour passer des vacances au soleil, pour faire du tourisme en Toscane. Tu crois encore qu'il y a les gentils d'un côté, les méchants de l'autre. Tu es un enfant de l'aisance, un héritier mollasson. Avec ça, tu alignes des poncifs dans une émission de radio ringarde et tu fabriques des bouquins ripolinés qui plaisent à tes pairs. Mais la souffrance, la vengeance, la rage, la haine, le vomi, les tripes, la solitude à en crever, le dégoût du passé, pour toi, ce sont des mots. Pas pour Klara. Tu dis que c'est ton amie, mais que sais-tu d'elle, mon pauvre vieux ? Rien ! Et tu veux en faire une sainte ? Imbécile, va... »

Je ne répliquai pas. C'est dans ma nature. J'ai toujours pensé que les plus sévères de mes juges avaient raison. D'instinct, je tiens les éloges pour des flatteries et les attaques pour des frappes légitimes. Et je trouvais normal, cette nuit-là, que Hilda reportât sur moi tout ce que Klara lui faisait subir. J'étais, il est vrai, une proie facile, une sorte de corniaud penaud auquel on donne des coups de pied pour se soulager, et tant pis si on l'envoie valdinguer au bas des escaliers et qu'il se brise les côtes.

« Et tu saurais la retrouver, cette maison ? »
demandai-je d'un ton calme. Hilda fit oui de la
tête. « Alors, je passe te prendre demain en voiture, et on y va. On jouera, puisque tu insistes,
les détectives du dimanche. Et s'il n'y a rien à
voir, ce que je persiste à penser, on ira se promener dans les herbages et caresser quelques
percherons sous les haies, d'accord ? »

Je payai, laissai Hilda à sa méchante ébriété et
rentrai à la maison, où l'absence de Laetitia me
saisit à la gorge dès que j'eus ouvert la porte.
Mais ce ne devait être que la mesquine douleur
d'un petit romancier bourgeois dérangé dans
son ordonnance domestique et contrarié par
l'usure des jours.

XII

C'était l'un de ces dimanches d'automne que j'ai toujours aimés, lorsque le soleil d'été fait des prolongations en Île-de-France, caresse les premiers tapis de feuilles mortes et ajoute, vers midi, du jaune vif aux ors vieillis. Des quatre saisons, c'est la seule qui ait le pouvoir d'alléger mon corps, de libérer mon esprit et d'épandre mes indulgences. Je m'y sens revivre. Elle convient parfaitement à mes travaux d'écriture, de mémoire, de jardinage intérieur. Elle est inspirante et laborieuse.

On avait donc pris l'autoroute de l'Ouest avec les promeneurs de Versailles, les pèlerins de Giverny, les pique-niqueurs de Bonnières et les joueurs de tennis de la Cour des Haies. À cet instant, sous ce ciel pur, j'aurais voulu que Laetitia fût à mes côtés. (C'est dans ma nature mélancolique ou ma nonchalance zodiacale de regretter d'avoir perdu ce que je n'ai rien fait pour conserver.) Mais je n'avais plus de nouvelles d'elle et c'était Hilda qui m'accompagnait, ou plutôt que je conduisais. Hilda, emmitouflée dans un manteau gris, tassée sur son siège comme un pied fripé de palmier ou d'éléphant, bloc de mutisme aigre que j'allais devoir traîner toute la journée pour la convaincre de son erreur et ridiculiser, à ciel ouvert, ses inquiétudes.

On avait traversé Montfort-l'Amaury à l'heure de la messe. Les cloches de l'église sonnaient gaiement. Les familles réconciliées sortaient de la boulangerie, les mains pleines de pains aux noix et de gâteaux à la crème. Le village sentait la brioche et le feu de bois. Ça me rappelait mon enfance catholique et gourmande du Provinois. J'avais proposé à Hilda qu'on s'arrête dans une auberge pour manger une grillade au coin d'une cheminée, mais elle avait refusé net. Tout me poussait à baguenauder mais rien ne semblait pouvoir la distraire de son obsession ni la détourner de son enquête. Ensuite, on s'était perdus dans la campagne. J'en souriais. Hilda râlait. Elle avait du mal à reconstituer l'itinéraire exact du taxi. Grâce à un long mur de pierres sèches qui cerclait le parc boisé d'un château, elle avait fini par retrouver la bonne route. On avait traversé une forêt de hêtres, contourné une colline piquetée de pavillons neufs, longé de nombreux paddocks, pris dans un champ un chemin de terre en fourche qui, d'un côté, menait à un hangar en tôle où étaient entreposées de grosses machines agricoles et, de l'autre, se transformait en sentier gravillonné jusqu'à un portail en bois planté au milieu d'une haute clôture de lauriers. On était ainsi parvenus à *La Clairière*.

Hilda, très chien de chasse, était déjà aux aguets. Elle se rongeait les ongles. Je cachai la 307 dans un hangar, derrière une moissonneuse fatiguée de l'été, et demandai à Hilda de mettre désormais son portable sur vibreur. On entra discrètement dans le jardin de *La Clairière* par-derrière : la petite porte rouillée qui donnait sur un champ en friche était ouverte. Les pelouses avaient été tondues ras. Aux bosquets d'hortensias, aux parterres de chrysanthèmes, aux allées de gravier bien tracées, aux meubles en teck patinés et disposés ici et là en petits salons de verdure, on voyait que les lieux étaient entretenus avec raffinement. L'atmosphère évoquait les tableaux de Bonnard, les nouvelles de Tchekhov et la douceur triste du film de Tavernier, *Un dimanche à la campagne*, où les derniers instants d'insouciance semblent volés aux automnes qui passent. L'image du bonheur à la française, teinté d'une langueur monotone. Au fond dormait l'épaisse maison derrière ses volets clos. Une maison de maître très 1900 dont la façade en briques et pierres blanches était recouverte de lierre, et d'où nous parvenaient un fumet de gigot à l'ail, des cuivres de musiques tsiganes et la voix autoritaire de Klara.

On resta cachés pendant près d'une heure dans une cabane à outils qui sentait l'or brun, le plastique chaud et le mélange à deux temps. Le soleil brillait haut. On étouffait dans notre ressui. Je somnolais en rageant contre Hilda qui m'avait mis dans cette humiliante position de guetteur, presque de voleur.

Et puis soudain, on entendit les volets claquer et les portes s'ouvrir. Hilda me donna un coup sur l'épaule et me montra du doigt sa sœur qui tendait sur l'herbe une grande nappe en vichy. Des jeunes femmes l'accompagnaient, les bras chargés de baguettes, de terrines, de saladiers, de bouteilles de vin et de jéroboams de champagne. Aux fanfares gitanes avaient succédé, rythmant les allées et venues de ce ballet gastronomique, les standards des Beatles. « Tiens, qu'est-ce que je t'avais dit », me souffla Hilda en voyant sortir de la maison des comédiens vedettes de l'agence, rien que des hommes, comme si les actrices avaient été tenues à l'écart de ce joyeux pique-nique dominical sur lequel, tout de noir vêtue, Klara régnait en donnant des ordres à son gynécée. (La loi m'interdit de désigner ces convives célèbres, d'autant que les nombreux procès intentés à l'agence sont toujours en cours, mais vous les connaissez tous, ils trônent au sommet du box-office, il ne se produit pas une comédie en France sans eux, ce sont les rois de la rigolade, les princes de la galéjade, des têtes d'affiche aux corps malades.)

La chaleur de la cabane était insupportable et les vapeurs d'essence commençaient à me donner mal à la tête, mais il était hors de question d'en sortir. C'eût été prendre le risque d'être aussitôt découverts. Derrière notre petite fenêtre poussiéreuse et au milieu des toiles d'araignée, on assista donc à cet interminable déjeuner sur l'herbe ponctué de rires gras et de gestes grossiers. Hilda, le regard fixe, le profil de vigie, mâchait un chewing-gum et ruminait sa colère. Je l'avais pourtant connue moins sourcilleuse et plus généreuse de son corps au festival de Cannes. Il faut croire que, depuis, elle avait changé. En s'éclipsant au moment du café, Klara sembla vouloir indiquer que le moment était venu de la récréation. La troupe se dispersa dans le jardin tiède de l'été indien. Les Beatles chantaient *Let It Be*. Les vêtements tombèrent alors comme des mouches et jonchèrent l'herbe douce. N'étaient les visages trop connus des hommes surexcités, dont on voyait saillir les veines du cou, on aurait dit un remake de Woodstock ou le tournage, en décor naturel, d'un film de Marc Dorcel. Les seins tressautèrent et les sexes se dressèrent. Une fille à quatre pattes se faisait lécher le cul au milieu de la pelouse. Une autre, allongée sur le dos et tenant avec ses longs bras ses jambes écartées, obéissait consciencieusement aux mouvements fastidieux et lents du quinquagénaire qui la besognait. Il y avait des fellations sous les arbres fruitiers, de savantes acrobaties sur le trapèze et les arçons du portique, des parties à trois sur des draps de bain Mickey. Très peu de caresses, beaucoup de sport.

Les filles, une douzaine, étaient toutes jeunes, je dirais vingt ans à peine. À l'exception de deux brunes rondelettes aux seins opulents et à la toison très fournie, elles étaient blondes, taille mannequin, fesses maigres, maillot brésilien, et répondaient aux canons exacts de ces filles de l'Est auxquelles la vieille Europe promet à la fois la fortune et la déchéance. Sous nos yeux, à quelques mètres de notre cabane et sur l'air de *Hey Jude*, un comédien ventripotent abonné aux emplois de vieux barbon s'y reprenait à plusieurs fois pour sodomiser une ondine pâle et conciliante d'au moins quarante ans sa cadette. Je suais à grosses gouttes. Hilda avait mis un mouchoir sur sa bouche et pleurait pour ne pas crier. Moi qui ne suis pas bégueule, j'étais dégoûté par le spectacle nauséabond de ces vieux beaux fortunés qui bouffaient du minou à heure fixe sur des plates-bandes jardinées par leur agent artistique. Hilda, elle, promenait un regard enfantin sur les ruines de ses illusions : je suis certain qu'elle mesura, ce jour-là, combien ses jours et ceux de sa sœur étaient comptés.

Lentement, la lumière commença à décliner. Klara, hautaine, sortit sur le perron et proposa du thé vert à la cantonade. On vit les hommes ramasser leurs jeans délavés du dimanche, les filles échevelées rentrer en courant pieds nus dans la maison fraîche. Bientôt, la musique se tut. Des geais se chamaillaient dans les frondaisons obscures. Il y eut au loin des claquements de vaisselle qu'on range, des embrassades furtives, des crissements de pneus sur le gravier, des voitures rapides qui prenaient le chemin du retour et des 4 x 4 qui grondaient dans le soir. Une coupe dans une main, un sécateur dans l'autre, Klara fit un dernier tour du jardin, où deux filles brûlaient négligemment de petits tas de feuilles mortes. Elle inspecta ses massifs, il m'a même semblé qu'elle leur parlait. Elle avait l'air tranquillement désabusé. D'une fenêtre ouverte du rez-de-chaussée s'échappaient maintenant des *Suites* de Bach interprétées, je crois, par Rostropovitch dans la basilique de Vézelay. Une camionnette Renault blanche klaxonna devant le portail. Les filles s'y engouffrèrent en riant. Klara ferma les volets et les portes. Elle monta dans sa nouvelle Smart et laissa derrière elle l'empire reconquis du silence.

Hilda et moi, on sortit alors de notre cachette. On était courbaturés, hagards, sales. On s'allongea sur l'herbe sans dire un mot. À la nuit tombée, on regagna le hangar et ma voiture. Il y eut un gros embouteillage sous le pont de Saint-Cloud. Au *Masque et la Plume*, Michel Ciment et Pierre Murat croisaient le fer et Alain Riou menaçait de quitter la tribune si Frédéric Bonnaud persistait à lui reprocher non seulement son mauvais goût mais aussi sa mauvaise foi. C'était un dimanche soir ordinaire sur l'A 13, aux portes de Paris, dans la tiédeur du dernier soleil.

XIII

On arriva avenue George-V quand tombaient les dernières notes insolentes de *Romance sans paroles*, de Mendelssohn, le générique fin du *Masque et la Plume*. Hilda sortit alors de son silence pour me demander de me garer et de l'accompagner. Elle ne voulait pas, me dit-elle, affronter seule Klara. Ou plutôt, elle souhaitait un témoin. Elle serrait la mâchoire comme une boxeuse avant le combat. Elle ressemblait à Hilary Swank dans *Million dollar baby*. Elle avait envie de frapper.

Lorsqu'elle ouvrit avec sa clef la porte de l'appartement, Klara regardait un film à la télé en buvant une tisane de verveine et en fumant ses cigarettes extra-fines. Hilda se précipita sur elle et, en plongée, la toisa méchamment. Je restai figé dans l'antichambre sans trop savoir quoi faire de moi.

« T'es vraiment une salope !
— Pardon ?

— Sale pute !

— Mais qu'est-ce qui t'arrive, ma petite Hilda, tu as trop bu ou quoi ? Notre ami monsieur l'écrivain t'a-t-il droguée, malmenée, baisée ?

— Arrête ton numéro. Pas avec moi, s'il te plaît. Menteuse, hypocrite, maquerelle ! Tu t'es bien foutu de ma gueule, hein ? Tu ne devines pas où j'ai passé mon dimanche ? À *La Clairière*, dans ta délicieuse maison de campagne, ton refuge si douillet, ton havre de paix, ta gentil-hommière comme tu dis. Ta méchanthommière, oui ! Je comprends mieux pourquoi tu ne voulais pas m'y inviter, c'était gênant, c'est pas un spectacle pour une jeune femme comme moi, tu préférais me tenir à l'écart de tes dégueulasse-ries, ça pourrait me choquer, hein, pouffiasse ! »

Klara ne bronchait pas. Elle continuait à tenter de boire sa tisane sous le feu nourri des postillons et des insultes. Le plus étrange est qu'elle ne semblait même pas étonnée. Elle donnait le sentiment d'avoir attendu depuis long-temps cet instant-là, de s'être préparée à l'offen-sive.

« Mais qu'est-ce que tu me reproches exacte-ment, ma chérie ?

— Ce que je te reproche ? Ce que je te re-proche ? Mais de tenir une maison de passe en pleine cambrousse, de diriger un zoo où tu fais copuler sur l'herbe tes animaux avec des girls achetées, j'imagine, à prix d'or. C'est peut-être un commerce juteux, mais c'est pas beau à voir, crois-moi, et je te dis pas la gueule des flics quand ils vont apprendre que la très respectueuse Mme Gottwald trafique avec la Roumanie ou la Pologne pour faire tourner son bordel artistique. Parce que j'imagine que tu vas me répondre que c'est de l'art, hein ?

— Oui. De l'art de vivre, si tu préfères, ma petite Hilda. Mon manoir n'est pas un claque, c'est le prolongement naturel de notre agence, je dis bien : notre agence, mon Hilda chérie. J'en suis en quelque sorte la directrice des ressources humaines. Je n'y reçois pas des clients, comme tu le sous-entends avec perfidie, je n'accueille que des amis, des collaborateurs, des gens que j'estime et avec qui je travaille pour leur offrir un repos bien mérité et quelques plaisirs discrets. Où est le mal ?

— Tu te fous de moi, sale punaise, tu veux me faire croire que ton lupanar est une clinique de remise en forme, c'est ça ?

— Mais non, calme-toi, laisse-moi t'expliquer. Tu les connais maintenant aussi bien que moi, nos petits protégés. Ils sont épuisés par des tournages, souvent à l'autre bout du monde, ils ont joué trois cents soirs dans des théâtres surchauffés devant des publics assoupis, ils ont enchaîné une série télé à Boulogne sur un film choral en haute Ardèche, ils ont galopé à Austerlitz et mangé des topinambours pendant l'Occupation, ils confondent le jour et la nuit, la vie publique et la vie privée, d'autres au contraire attendent avec angoisse le premier rôle qui ne vient pas, qui ne viendra plus, alors ils ont besoin de décompresser, ils ne savent plus où ils en sont, il leur faut penser à autre chose, je leur offre simplement de passer un week-end tranquille, sans femme ni enfants, au milieu des champs et des arbres, tiens, je vais même faire construire un tennis pour qu'ils puissent se défouler sur la terre battue, alors ta leçon de morale, tu te la gardes, pauvre Hilda !

— Et ces putes que tu offres à tes viandards aux tempes argentées, ce sont des infirmières, peut-être ?

— Oh, il n'y a rien de condamnable là-dedans. D'abord, elles ne viennent pas de Roumanie ou de Pologne, mais de chez nous, eh oui, elles sont toutes tchèques, mes jolies. Ça t'en bouche un coin, hein ? Je les ai sauvées de la misère. C'est un ami de Prague très obligeant, très propre sur lui, qui me les envoie. En classe affaires, s'il te plaît ! Et elles sont ravies, elles me l'ont dit, de donner un peu de plaisir aux acteurs qu'elles ont toujours admirés. Tu vois, je fais du bien à tout le monde : à la jeunesse tchèque sans espoir et au cinéma français sur le retour ! Et puis, qu'est-ce que tu crois, pauvre dinde, que les stars restent dans notre agence rien que pour nos beaux yeux ? Mais la fidélité, ça se cultive, les contrats, ça s'entretient, il faut mettre de l'huile dans les rouages, de la peau fraîche dans les vieux draps, et distribuer quelques mignons cadeaux en échange de nos précieux dix pour cent ! Toi-même, ma chère sœur, il me semble que tu n'as pas craché sur l'exercice à Cannes, hein ? Chez nous, depuis le plateau de tournage jusqu'aux nuits d'hôtels cinq étoiles et aux séjours à *La Clairière*, les acteurs sont bien traités. Et en toute discrétion. Très important, la discrétion. C'est du boulot. Alors, tes grimaces de mijaurée me font bien rire. Tu voulais découvrir le métier, eh bien, dis-toi qu'il commence tout juste à entrer. »

Hilda était toujours debout, elle tremblait en apostrophant sa sœur et ses poings étaient serrés comme s'ils cherchaient dans l'air le dodelinant punching-ball. De la bave coulait aux commissures de ses lèvres pincées. Je trouvais qu'elle en faisait beaucoup, que tout cela n'était pas bien grave. Et en même temps, j'étais ému par son désarroi presque enfantin et impressionné par le cynisme hiératique de Klara, qui zappait d'une chaîne à l'autre, de *Capital* à *On ne peut pas plaire à tout le monde*, et ne quittait pas le petit écran des yeux, feignant d'ignorer, juste au-dessus d'elle, la colère intestinale du volcan en éruption.

« Tu me dégoûtes. Tu n'as vraiment aucune morale. C'est toi, la pute. Agent artistique en semaine, proxénète le dimanche, elle est jolie, ta vie. T'es complètement pourrie...

— Que de grands mots ! Ce sont les bons pères de Prague qui te les ont appris ? Moi qui pensais que tu venais à Paris pour te décoincer un peu. C'est raté. Tu aurais dû rester là-bas.

— Parlons-en de "là-bas", comme tu dis.

— Allez, ça suffit. Va te coucher et demande à monsieur l'écrivain de te border. Et surtout, n'oublie pas de réciter ton *Pater Noster*.

— Ah, tu n'aimes pas que je remue les souvenirs, tu ne veux pas que je mette ta sale gueule dans notre passé, hein, ça t'emmerde qu'on te dise tes quatre vérités, madame Gottwald. T'es pas habituée à ça. Forcément, qui sait, à part moi, que tu as vomi ton pays natal, que tu as renié nos parents. Même pas une carte postale, même pas un coup de téléphone. Rien. T'as si bien fait la morte qu'ils en sont morts. Pauvre papa, qui chialait chaque fois qu'il tombait, dans un journal, sur un article qui était consacré à tes succès et glorifiait tes exploits. Il collectionnait tes coupures de presse et les collait dans un cahier pour les montrer à ses copains. Ça, je ne te le pardonnerai jamais.

— Hilda, je te demande d'aller te coucher.

— Oh non, je n'ai pas fini, ma belle. Comme au cinéma, je garde le meilleur pour la fin. Vous souvenez-vous, madame Gottwald, que vous avez un fils et qu'il s'appelle Milan ? À lui non plus, tu n'as jamais donné signe de vie. Il est vrai que le temps te manque, entre tes festins cannois et tes orgies bucoliques. Eh bien, je te rassure, il va très bien. Il se shoote toute la journée. C'est une épave. Oui, ton fils est une épave. Si je ne m'étais pas occupée de lui, il dormirait sous les ponts de Prague. J'ai tenté de le faire soigner, mais comment soigner un garçon, me répétaient les médecins, qui ne connaît pas son père et que sa mère, pour réussir à l'étranger, a abandonné à sa naissance ? Il est beau, il est intelligent, il est doué pour la musique et la peinture, il te ressemble, le seul problème, vois-tu, c'est qu'à trente-cinq ans, il n'a pas envie de vivre. Il se drogue pour disparaître au plus vite. Quand je suis partie pour la France, j'ai eu la bêtise de lui dire que je reviendrais avec toi. Il a souri, d'un sourire triste que je n'oublierai jamais. Quelle conne je fais ! »

Il y eut un grand silence. Klara ne bougeait plus. Je voyais son profil marbré. Il exprimait l'impassible douleur des statues de dianes chasseresses perchées sur des socles trop hauts, figées dans l'élan, battues par la grêle, le vent, la neige, salies par de grossiers pigeons, et auxquelles le temps, indifférent à leur supplice, n'accorde aucun répit. D'une voix brisée, elle tenta de se défendre.

« Si je n'avais pas refoulé et puis écrasé ce passé, je ne serais plus en vie, Hilda. Tu me parles comme si j'avais eu le choix. Mais je n'ai rien choisi. J'ai appris à devenir forte, à ne plus écouter battre mon cœur, à camoufler mes sentiments, à croire à l'identité que je m'étais inventée, à mentir, à jouer la comédie, moi aussi. Ne me fais pas un faux procès. Tu sais très bien que je ne suis pas cette femme de plomb que tu caricatures. Tu crois que je n'en ai pas marre de materner à longueur de journée des acteurs à l'ego surdimensionné et de répéter à des écrivains nuls qu'ils ont un talent fou ? Tu crois vraiment que ça m'amuse d'organiser des parties de jambes en l'air à *La Clairière* et que ça ne me dégoûte pas de voir des filles payer leur carte de séjour en léchant les queues fripées de mes cabots vaniteux ? Tu vois, entre l'agent et la maquerelle, il n'y a pas de grandes différences. Si tu savais comme, parfois, j'ai envie de tout plaquer et de rentrer à Prague...

— Alors, rentrons.

— Bientôt, ma petite Hilda, bientôt. Fais-moi confiance. Mais c'est encore top tôt. Avant, je dois aller jusqu'au bout.

— Au bout de quoi, Klara ?

— Au bout du roman noir de Mme Gottwald. Maintenant, sois gentille, dis à notre ami l'écrivain qu'il rentre chez lui, où Armance l'attend, c'est une demoiselle distinguée, elle, et allons nous coucher. Il est tard, et demain, la journée au bureau va être lourde. Notre premier rendez-vous est à 8 h 30. »

Je claquai la porte derrière moi. Les rues étaient vides et Paris paraissait si calme, soudain.

XIV

Dans les semaines qui suivirent, l'agence retrouva son rythme de croisière, comme si rien de ce à quoi j'avais assisté ne s'était passé. Klara et Hilda affichaient partout une troublante complicité. Elles vantaient même, par l'intermédiaire des journaux, leurs mérites respectifs et, ajoutant un nouveau défi à leur florissante entreprise, promettaient de se lancer bientôt dans la production de films, de séries télé mais aussi de pièces de théâtre. Elles s'ingéniaient à montrer que non seulement elles s'aimaient, mais aussi qu'elles s'admiraient. On murmurait que Klara avait gagné en humanité et Hilda, en autorité. Elles semblaient en effet avoir échangé leurs vertus et travaillé ensemble à corriger leurs défauts. Je n'en revenais pas. J'étais au spectacle, loge présidentielle.

J'aurais pu croire que j'avais rêvé la visite clandestine à *La Clairière* et la terrible scène qui, devant moi, avait opposé les deux sœurs si, en me tenant soudain à l'écart de leurs activités, en me négligeant, voire en m'évitant avec ostentation dans les projections et les cocktails, elles ne m'avaient assigné le rôle répulsif du témoin gênant. J'en savais trop. Je les encombrais. Pour mieux m'ignorer, elles m'écartaient.

J'en fus d'abord attristé, et puis vexé. Je suis en effet d'une nature excessivement susceptible. Il suffit que j'aie le sentiment qu'on se moque de moi, qu'on veuille me tromper, pour que je devienne méchant. Ou infantile. Je me mis donc à bouder. Je cessai aussitôt de les appeler. Et je décidai de me remettre au travail.

Ce fut un hiver morose. Il neigeait comme il neige à Paris, où le blanc ne tient pas et noircit en molles congères dans les caniveaux. Mon métier me pesait, j'allais aux projections de films sans plaisir et à la radio, où j'enregistrais mes chroniques dans le plus petit studio de la station, une manière de cagibi poussiéreux dont la régie ressemblait à un placard à balais, dans la seule intention de toucher chaque semaine mon maigre cachet. À la maison, Laetitia continuait de me manquer. Où était-elle ? M'avait-elle déjà oublié ? Pressentait-elle seulement qu'après l'avoir bien mal aimée, je la regrettais si fort ? Non, évidemment, et cela me rendait plus amer encore.

J'écrivais chaque jour. Du moins le désarroi m'était-il profitable. Ma misanthropie activait le chantier d'« Armance » et ma mélancolie servait le bel Octave. Sous ma plume, il devenait un personnage infréquentable. Lentement, je m'éloignais du modèle, celui d'un garçon distingué, colérique, timide, d'une sensibilité déraisonnable, convaincu de sa singularité, auquel on ne connaissait point d'amis, qui montait juste, galopait pour se défouler, mais ne s'intéressait pas aux chevaux et brillait dans les salons pour l'unique plaisir de mesurer sa faculté à épater les sots, à narguer les vantards, à gouverner les puissants. En vérité, il détestait la société des hommes et méprisait « les âmes communes » qui se contentent, dans la vie, de petites satisfactions pour en tirer des agréments de boutiquiers. Stendhal l'avait affligé d'une impuissance qui l'empêchait d'aimer, ou plutôt qui lui commandait de tout faire, jusqu'à se qualifier de « monstre », pour ne pas inspirer à la loyale Armance de Zohiloff une passion vouée à l'échec. Je l'avais au contraire transformé en jeune homme priapique, toujours impatient de coucher, peu importe où et avec qui, trouvant dans la sexualité des plaisirs rapides, mais incapable d'éprouver le moindre sentiment amoureux. Il brûlait sans flamme.

Le vrai Octave souffrait le martyr d'éprouver dans son cœur ce à quoi, irrémédiablement, son corps se refusait. Le mien assouvissait tous ses désirs, passait sans scrupules ni regrets d'une grande blonde à une petite brune, d'une fille maigre à une femme forte, d'une chair tendre à une chair musculeuse, des seins plats aux gorges profondes et des eaux de toilette aux lourds parfums de sudation. En somme, qu'il fût *babilan* ou don juan, empêché ou forcené, on arrivait au même désespoir, en 1827 comme en 2005, par des voies opposées. Octave ne connaîtrait jamais le bonheur.

Stendhal, charitable, s'employait à faire mourir l'amant platonique dans la fleur de l'âge en lui concédant, sur le pont d'un bateau, à l'instant où, du haut de la vigie, un mousse crie « Terre ! », la grandeur d'un suicide à l'antique et en lui dédiant la beauté simple d'une épitaphe presque romaine : « Et à minuit, le 3 mars, comme la lune se levait derrière le mont Kalos, un mélange d'opium et de digitale préparé par lui, délivra doucement Octave de cette vie qui avait été pour lui si agitée. » Plus vicieux, je m'attardais davantage, laissais mon héros débarquer en Grèce, s'y battre avec éclat, y conquérir en même temps places fortes et gynécées, revenir victorieux en France, où Armance l'attendait, dont la fidélité l'exaspérait et l'amour sincère l'incommodait.

Ce que Stendhal lui avait épargné, la vieillesse d'un homme déjà mort au monde, je la lui imposais. Je m'installais avec sadisme dans le spectacle affligeant d'un séducteur peu à peu lâché par ce corps vigoureux qui lui avait donné tant de promptes jouissances mais qui n'avait jamais su approcher, au lit, de la félicité.

Mon Octave était vraiment détestable. Stendhal était ému par son personnage, le mien me dégoûtait et j'éprouvais, à lui prêter tant de vices, à lui refuser toute occasion de rédemption, une mystérieuse, une irréfutable excitation. Cela me soulageait d'écrire un roman antipathique. Les héros vertueux me plaisent dans la réalité mais ils m'ennuient dans la fiction. J'ai l'admiration morale et l'imagination noirâtre. Je ne m'aime pas. J'écris sans doute pour donner raison à mes soupirs. D'ailleurs, mon roman, auquel Klara faisait semblant, il y a encore quelques mois, de s'intéresser — c'était le temps heureux des complaisances —, n'aurait aucun succès. Trop âcre, trop souillé, trop désespérant. L'époque voulait des destins admirables, des conduites irréprochables et des fins heureuses. L'avantage d'avoir fréquenté les sœurs Gottwald du temps de leur empire, et à la veille de leur chute, est de m'avoir épargné la facilité d'être au goût du jour. Je me préparais donc à condamner le volage et volatile Octave au supplice de mourir vieux sans avoir connu le privilège, qui donne un sens à la vie, de succomber à une passion fixe.

Quand j'avais assez écrit, raturé, réécrit, déchiré, saisi enfin sur ordinateur les pages que je jugeais convenables, j'allais dîner dans un petit restaurant japonais, où j'asticotais négligemment quelques poissons morts avec des baguettes en bois, et, l'esprit embué par le saké, remontais chez moi pour regarder alternativement, à la télévision, LCI pour la jolie Anne-Sophie Lapix, et Equidia pour les CSI quatre étoiles. Le plus souvent, je m'endormais sur le canapé. Là, au moins, ma main ne cherchait pas, dans la nuit désolée, les fesses de velours de Laetitia, ni son humide chaleur. Je n'avais jamais été aussi seul, aussi calmement désemparé.

Plus le silence s'installait entre les sœurs Gottwald et moi, plus je pensais à elles. Il est vrai que, chaque vendredi, *Le Film français* les rappelait à mon bon souvenir. Dans les festivals de haute montagne sans public, où les vedettes font de la luge devant les photographes, lors des remises de décorations fantoches rue de Valois, où le ministre de la Culture distribue à tout le monde la médaille des Arts et Lettres ainsi que des bonbons avant le décollage, aux avant-premières de films sur les Champs-Élysées, où seul compte l'*after*, elles trouvaient toujours le moyen, mes deux redoutables, d'être sur la photo. On ne voyait qu'elles. De vraies professionnelles de l'embrassade, de la chatterie, de la pose câline, de la messe basse, du délit d'initié, de la fausse larme écrasée d'un doigt furtif et de l'extase feinte. C'était horripilant. Aux Césars, habillées de soie noire par Karl Lagerfeld soi-même, elles trouvèrent même le moyen de monter sur scène.

Prétextant l'absence de Michel Bouquet, en tournée théâtrale à travers la France, elles jaillirent ensemble de leurs fauteuils pour aller recevoir le trophée qu'elles promirent de remettre, « avec une grande émotion », à leur acteur dont elles étaient « si fières, oui si fières, d'être humblement les agents ». Oh, l'insupportable « humblement » ! Jamais encore, depuis la création des Césars, cette profession de l'ombre ne s'était coulée avec une si naturelle forfanterie jusque dans la lumière des projecteurs. Mais c'était compter sans les sœurs Gottwald, qui eussent gravi la tour Eiffel pour faire la une de *Paris-Match*.

Le lendemain de cet exploit, j'envoyai un SMS de félicitations à Klara. Elle ne me répondit pas. Elle devait cuver son dom pérignon. Ou se méfier encore de moi. Alors, je persistai : « Bravo pour ce césar que tu n'as pas mérité mais qui ira très bien sur la cheminée de la clairière. » La réplique, cette fois, n'allait pas tarder.

XV

Le téléphone sonna aux aurores. C'était Klara, qui s'excusait de me réveiller. Elle avait sa voix de séductrice mondaine et cet accent ferrugineux d'ambassadrice de Tchéquie auprès du Saint-Siège dont elle avait abusé lors de notre premier rendez-vous, au Lutetia.

Fallait-il qu'elle fût gênée ou soucieuse d'éloigner la menace pour déployer devant moi son arsenal démonétisé de formules courtoises et de précautions d'usage. Elle devait pourtant bien se douter que ses amabilités ne m'impressionnaient plus et que je restais sur mes gardes, n'empêche, elle pratiquait la tactique d'approche et l'art de la réconciliation comme si j'en étais dupe.

« Je n'ai plus de nouvelles de toi depuis des semaines, mon grand, tu me fais la gueule ou quoi ?

— J'avais l'impression du contraire, répondis-je sèchement.

— Tu sais, Hilda et moi, on a été surbookées

127

ces temps-ci. Depuis qu'on fait de la prod, en plus de tout le reste, on ne sait plus où donner de la tête. L'agence était une ruche, c'est maintenant une centrale nucléaire. Je te raconterai. Mais ça ne m'empêche pas de penser à toi. Au fait, ton bouquin, il avance ? Je suis très impatiente de le lire et plus encore de le monter. Ça m'excite follement. Que dirais-tu de Marie Gillain pour jouer Armance ?

— Arrête ton cinéma, Klara, tu me fatigues.

— Mais qu'est-ce qui se passe ? Je te rappelle, au cas où tu l'aurais oublié, que nous sommes liés par un contrat et que tu me dois ce roman, et que je te dois un film...

— Tu veux la vérité ? Je n'aime pas ce que tu es devenue, Klara, tes manigances perpétuelles, ton cynisme, ton carriérisme, tes scènes de ménage avec ta sœur, ton silence plombé parce que j'ai été là où je ne devais pas être, enfin tu vois ce que je veux dire. Bref, je n'ai plus confiance en toi.

— Tu as tort. Encore une fois, je suis ton agent !

— Tu ne devrais pas t'en vanter. C'est pas avec ce livre que tu feras fortune. Tu as misé sur le mauvais cheval, ma pauvre.

— Tu en es où exactement ?

— À la moitié. J'ai cent cinquante pages propres. Disons, lisibles.

— Montre-les-moi. »

J'observai un long silence. Klara était en train de me retourner. Elle tenait son rôle à merveille. Elle était à la fois amicale et persuasive. Je n'arrivais pas à savoir si elle était vraiment curieuse de mon manuscrit ou si elle voulait me circonvenir, me serrer, m'empêcher de raconter tout ce que je savais. Elle était décidément plus forte que moi. Je cédai.

« D'accord. Je te dépose le paquet à l'agence. Tu le regarderas à tes heures perdues.

— On fait plus simple, je t'envoie un coursier demain matin. Je le lirai aussitôt. Et puis, viens samedi à *La Clairière*. On pourra en parler de vive voix. C'est mieux. »

J'étais estomaqué. Elle avait tous les culots. Cette femme aurait dû être comédienne. Elle était la version féminine de Frégoli. Je ne comprenais toujours pas pourquoi elle jouait ainsi avec moi.

« À *La Clairière*, vraiment ?

— Oui, je sais, il fait froid, la météo annonce beaucoup de neige pour ce week-end mais, tu verras, la maison est bien chauffée, et puis je ne connais pas de meilleure façon de travailler que de s'asseoir au coin du feu en buvant une tasse d'Earl Grey brûlant. À samedi, mon grand, je compte sur toi, hein, je t'attends pour le déjeuner. Je ne t'explique pas le chemin, je crois savoir que tu le connais... »

Royale et rouée, elle raccrocha.

Je passai la journée à corriger et imprimer les pages que je lui avais promises. J'enlevai des descriptions inutiles de la haute société, des monologues ennuyeux, sabrai dans les conversations des salons parisiens, donnai plus de douleur à Armance et davantage de solitude à Octave, pour qui Stendhal avait eu cette formule épatante, dont j'aurais volontiers affublé Klara : « C'était un être tout mystère. »

Je coupai dans mon texte avec satisfaction. Élaguer est beaucoup plus agréable qu'écrire : on se décharge, on s'allège. En revanche, je me relus sans aucun plaisir. C'était bon signe. Signe que j'avais du moins réussi à gagner l'antipathie du lecteur. J'étais en train de rédiger, avec une parfaite sècheresse d'âme et une douteuse indulgence, sans émotion ni poésie, m'appliquant à être le plus *désagréable* possible, l'orgueilleux portrait d'un homme repoussant que seul l'intérêt pathologique qu'il portait à lui-même faisait agir, souffrir et se pavaner. Une fois terminé, mon livre, dans l'idéal, devrait ressembler à la boîte noire qu'on retrouve, après un crash, dans les broussailles brûlées et les linceuls de tôle froissée. De la littérature pour experts, assureurs et gendarmes.

Le samedi, à l'heure dite, je pris la route de Montfort-l'Amaury. Le ciel était bas et gris métal. Klara ne s'était pas trompée. La neige allait tomber. Les arbres décharnés semblaient figés par le froid. Sur les champs planaient des corbeaux en colère et une brume de canons napoléoniens détruits à Waterloo. Sur le perron de *La Clairière*, l'impératrice Klara m'attendait dans son astrakan des grands jours. À la campagne, cela faisait très vulgaire.

Je découvris enfin cette maison que je n'avais vue que de l'extérieur, aux beaux jours et à l'heure de la gymnastique collective. Elle était meublée à la manière d'une étude de notaire. Du bourgeois sombre, avec une odeur de soupe aux légumes. Des pièces sans âge, pleines de boiseries, d'armoires et de parquets, où résonnaient les pas. Des croûtes paysagères à l'huile épaisse que rehaussaient des cadres dorés et baroques. Une horloge à balancier, qui rythmait l'heure provinciale. Une bibliothèque remplie de biographies historiques, de Guides bleus, de Séries noires, de romans populaires en édition club, et gagnée par une fine moisissure. Des radiateurs en fonte qui, derrière les grilles des coffrages, jouaient une version inédite, exaspérante, du *Marteau sans maître*, de Pierre Boulez. Et des miroirs tachetés qui, dans la pénombre, adoucissaient les visages abîmés.

Nous déjeunâmes dans la cuisine. « C'est plus intime », claironna Klara. Elle avait préparé elle-même un rôti de bœuf, pommes dauphine. La viande était nerveuse et les pommes s'affaissaient. Le bordeaux qui les accompagnait avait mal voyagé. C'était un vin courbaturé qui n'avait pas eu le temps de dormir en cave et gémissait dans la gorge.

Klara évoqua rapidement mon manuscrit. Elle le trouvait trop « intello », trop « cérébral », pas assez « animal ». Elle n'avait jamais lu *Armance*, de Stendhal, elle ne voyait donc pas l'intérêt de s'en inspirer. La seule bonne nouvelle est qu'elle jugeait l'affreux Octave sympathique et la douce Armance, horripilante. « Mais bon, on est encore loin du film. Il y a des scènes intéressantes, si, si, il faut seulement que tu les travailles encore. Sois un peu plus romancier et un peu moins théoricien... » En vérité, je me foutais de son avis. C'était elle, soudain, qui m'intéressait, elle, la vraie héroïne de roman. De tout son poids de fourberie et de séduction, je découvrais pour la première fois qu'elle écrasait à la fois Armance, Vanina Vanini, Mathilde, Mme de Rênal, Clélia, la Sanseverina, Lamiel et Mme de Chasteller. J'ignorais encore jusqu'où sa perversité la mènerait. Mais je ne voulais rien manquer du spectacle. Peut-être, un jour, m'inspirerait-il.

Klara m'annonça, en versant le café, qu'elle avait invité quelques amis pour dîner et réservé pour moi, à dix-sept heures précises, une reprise galop sept dans un centre équestre voisin. Je la remerciai mais lui dis que je n'avais pas apporté mes affaires d'équitation. « Je savais que ça te ferait plaisir. Ne t'inquiète pas, il y a dans le cellier des bottes et un Barbour qui t'iront très bien. Et puis, tu verras, le manège est très beau. Une vraie cathédrale ! » Décidément, sa gentillesse fabriquée était infernale.

À l'heure dite, et sans aucune envie, je montai donc, dans un hangar dont le blizzard faisait grincer le toit, un cheval froid aux jambes en compagnie de trois cavalières raides sous les ordres d'un ancien écuyer du Cadre Noir à la maigreur giacomettienne qui nous commandait comme à un peloton masqué du GIGN avant l'assaut d'une maternelle. Je sortis furieux de cette séance de tape-cul et rentrai au plus vite à *La Clairière*, où les invités de Klara, qui appartenaient, me confia-t-elle, à une grosse société californienne de distribution de films, étaient déjà arrivés. Ils buvaient des alcools forts au coin de la cheminée. Les jeunes filles en fleurs, dont je n'avais oublié ni les visages ni les corps, étaient là. Certaines étaient déjà pendues au cou des hommes. Klara m'accueillit avec un sourire d'autant plus triomphant qu'à ses côtés se tenait, souriante, une coupe de champagne à la main, Hilda. J'étais tombé dans le piège. Du spectateur, les sœurs venaient de faire un acteur, contraint désormais au devoir de réserve.

La soirée fut conforme à leur stratégie. On ripailla. On but beaucoup. Les jambes se cherchèrent et se trouvèrent sous la table ovale. Les bras aux poils électriques se frôlèrent. On passa au

salon, où le feu crépitait et les joues s'empour-
prèrent. Klara et Hilda me présentèrent une
jeune femme blonde au visage triangulaire, très
chat persan, qui ne parlait pas un mot de français et qu'elles avaient prénommée Agnès. Elle
devait bien mesurer un mètre quatre-vingts. Elle
avait les épaules athlétiques de Laure Manau-
dou, les seins magnanimes de Monica Bellucci
et la taille déliée de Penelope Cruz. Un parfait
produit de synthèse, les fesses et la grâce en
moins. En guise de conversation, elle avait
l'exaspérante manie de me sourire en dodelinant
des hanches au rythme de la musique — une
compile ringarde des Aphrodite's Child. Dans
un mauvais anglais prolongé par la voix la-
crymale de Demis Roussos entonnant *Rain and
Tears* et *It's Five O'Clock*, elle me susurra qu'elle
aimait Stendhal et les chevaux. Elle répétait la
leçon qu'on lui avait apprise, c'était pathétique.

J'aurais dû partir, je restai. J'éprouvais en effet
une excitation confuse à céder lâchement aux
injonctions silencieuses de Klara et aux proposi-
tions contractuelles de cette grande gigue. Avec
un sourire de cinéma, Agnès me fit signe de l'accompagner à l'étage, dans sa « room » où elle me
déshabilla avant de se déshabiller. Sa peau très
douce, tapissée de taches de rousseur, sentait
l'*Eau Sauvage*. Jusque dans le balancement régulier des seins et le chatouillis des pieds, elle
avait des gestes de professionnelle où l'imprévu,

la pudeur malmenée, la gourmandise, les tremblements de la découverte, bref, la merveilleuse gaucherie du premier rapport, n'avaient pas leur place. Elle me fit l'amour avec autorité. Elle varia les positions avec une rigueur qui évoquait les directives des hôtesses de l'air, en cas d'accident ; elle obéissait aux procédures érotiques. J'eus pourtant du plaisir. Un plaisir sans plaisir. Elle voulut me faire croire qu'elle en avait aussi, mais je ne la crus pas. Derrière les cloisons et sous le plancher, la fête battait son plein. Elle empruntait à la partouse, à la partie de colin-maillard et au karaoké. On était à mi-chemin entre le dérisoire et le sordide. J'attendis que ma compagne désignée prît une douche pour me rhabiller et filer.

Sur la table de la cuisine, je griffonnai un mot à l'attention de Mme Klara Gottwald : « Quelle que fût la cause de sa profonde mélancolie, Octave semblait misanthrope avant l'heure. Il ne lui manquait qu'une âme commune. » Et je signai : Stendhal, *Armance*.

Lorsque j'arrivai sur l'autoroute de l'Ouest, il se mit à neiger. Une neige légère, transparente, raffinée, qui brillait dans la nuit et semblait vouloir laver les regrets, les remords, et tout ce que l'on porte en soi, au plus bas, sans même oser l'écrire, de peur de s'y dissoudre.

XVI

Et puis tout alla très vite. C'est fou le temps qu'il faut pour imaginer, édifier, consolider un empire et la rapidité avec laquelle, sans avertissement ni présage, il peut s'effondrer.

Lorsque je me souviens de l'agence Gottwald, je pense aussitôt à ces deux images traumatisantes, images de guerre à la fois médiévale et atomique, celle du feu de forêt, provoqué par une simple allumette, qui ravage des milliers d'hectares à la vitesse du mistral et laisse, après son passage pyrotechnique, l'effrayant silence d'une immensité lunaire inexplorée ; et celle de la barre des années soixante qu'on fait aujourd'hui imploser devant ses habitants, soudain nostalgiques de leur propre désarroi, de leur long inconfort, et qui, en un dixième de seconde, s'écroule sur elle-même à la verticale tandis que monte, vers le ciel des banlieues, un champignon de fumée noire.

C'était ça, l'agence Gottwald, au début du vingt

et unième siècle, la hauteur d'une HLM, la splendeur d'un massif de chênes-lièges. Une puissance qui semblait indestructible. Une assurance de pérennité. Une principauté oubliée de la République ordinaire dont on se flattait, que l'on fût comédien, cinéaste ou romancier, d'être le sujet.

Mais bientôt, devant l'étendue du désastre et l'ampleur de l'opprobre, ceux qui avaient supplié Klara Gottwald de bien vouloir les accueillir dans son agence, et souvent intrigué pour compter parmi ses fameux « chéris » — une formule qui, à Paris, valait adoubement —, seraient les premiers à sonner l'hallali et oser prétendre qu'elle les avait abusés, qu'ils en avaient été les otages. Jamais, dans ce milieu où le courage et la fidélité sont des denrées rares, on n'assista à de si prompts retournements de vestes. Hors de prix, les vestes.

Tout commença, au moment des vacances de Pâques et du premier soleil, par un petit encadré, apparemment anodin, glissé dans une double page de *Voici* consacrée aux villégiatures des stars françaises et destinée à faire saliver le lecteur pour un euro vingt. Les photos étaient prises en hélicoptère. On voyait des châteaux d'Île-de-France entourés de leurs parcs à la française, des ranchs augmentés d'écuries et de paddocks, des villas tropéziennes de style californien, des palais enfantins dont l'architecture immaculée semblait emprunter à Disney World, et des piscines rondes, ovales, rectangulaires, en forme de dragées ou de haricots, toutes de ce même bleu turquoise qui donne l'illusion que l'eau chaude et claire proviennent directement des lagons coralliens de l'océan Pacifique.

Au milieu de ces demeures princières, *La Clairière*, photographiée de face, faisait presque figure de cabanon. La légende était assassine : « La maison de rendez-vous. » L'articulet spécifiait en effet que, dans sa propriété des Yvelines, la célèbre Klara Gottwald recevait chaque weekend le gotha « pour des parties de campagne qui sont toujours des parties de plaisir et parfois des parties fines ». Je relus plusieurs fois la phrase. Je n'en croyais pas mes yeux. Qui avait pu éventer le secret ?

Quelques heures après la mise en vente du journal, je reçus un SMS de Hilda : « J'espère pour toi que tu n'es pour rien dans cette infamie. » Je répondis aussitôt : « Non, je te le jure. » Je tentai d'appeler Klara, mais son secrétariat m'opposa un barrage en béton armé.

À Radio Bonheur, où je passai en coup de vent, on ne parlait que de ça. Les gens ricanaient, trop contents de briser un succès qu'ils avaient toujours jugé excessif et forcément trouble. Chacun prétendait tenir d'un tiers des révélations sur l'agence de tous les vices et les nuits folles de *La Clairière*. La cote de Klara

Gottwald était en chute libre. D'ailleurs, l'intéressée ne se montrait plus. Seule, m'assurait-on, Hilda continuait, tête haute, visage marmoréen, à représenter sa sœur dans les cocktails et les avant-premières.

Deux semaines après la parution de *Voici*, *Libération* publia l'enquête qui allait porter un coup fatal à l'entreprise Gottwald. L'affaire de mœurs cachait en vérité d'énormes escroqueries financières. *La Clairière* donnait sur un gouffre. Le journaliste, qui avait mis la main, grâce à un informateur de Bercy, sur son colossal chiffre d'affaires, y démontrait comment fonctionnait la plus prestigieuse agence artistique parisienne. L'addition de la vénalité, de la collusion, des bilans truqués, était accablante. Des contrats d'investissements signés, sous le boisseau, avec la Corée du Nord, de douteuses républiques de l'ex-Empire soviétique et quelques paradis fiscaux ajoutaient au discrédit de l'agence française. Klara y était décrite comme une despote éclairée, une autocrate obligeante, qui avait pris soin de placer tout son argent en Suisse et à Saint-Martin. Le signataire de l'article précisait qu'il avait tenté en vain de la joindre pour qu'elle confirme ou infirme les accusations portées contre elle.

Le lendemain, avec appel à la une, *Le Monde* s'intéressa à *La Clairière*. Des témoignages anonymes expliquaient comment et pourquoi Klara avait choisi de donner à l'agence, lorsqu'elle était au début de son expansion, cette dépendance très bucolique. En offrant, dans ce qu'elle appelait pompeusement sa petite « Villa Médicis », des avantages en nature aux plus méritants de ses protégés, la patronne en faisait ses obligés. Elle les régalait, de la bouche jusqu'au sexe, et ils étaient liés par un pacte tacite qui les contraignait au silence. Mais il y avait pire.

Le quotidien de Jean-Marie Colombani révélait en effet que, agissant ensemble depuis l'attentat du parking de l'avenue George-V, les polices française et tchèque seraient en passe de démanteler un réseau clandestin de call-girls d'où proviendraient certaines des filles employées à *La Clairière*. L'explosif déposé sous la Smart était un avertissement ainsi qu'une sommation : le fournisseur praguois aurait doublé ses prix et Klara Gottwald serait une mauvaise payeuse.

L'affaire devenait vraiment crapuleuse. J'avais l'impression de vivre un cauchemar. Sortant de son silence, Laetitia ne manqua pas de se rappeler à mon bon souvenir en me laissant un message lapidaire sur mon répondeur : « C'est bien ce que je pensais, tu as de belles fréquentations. » Alexandre s'en mêla, lui aussi : « Tu ne pourras pas dire que je ne t'avais pas prévenu, pauvre pomme ! » J'attendais maintenant la saillie de Jean-Claude. Ce serait le bouquet.

Je ne pouvais plus ouvrir un journal sans m'exercer aussitôt à me remémorer tout ce que j'avais vu, entendu, appris, depuis que je connaissais les sœurs Gottwald. Ce travail n'était pas inutile. Bientôt, je serais sans doute convoqué quai des Orfèvres. Il faudrait que je sois précis. J'étais, d'une certaine manière, comptable de ce que je n'avais pas compris.

C'est à ce moment-là que, abandonnant Armance et Octave sur mon disque dur d'où plus jamais, je le savais, ils ne sortiraient, c'était leur tombeau informatique, leur pilon virtuel, j'ai commencé à écrire ce récit. J'avais peur d'oublier un détail. J'avais besoin, en confessant ma candeur, de me racheter. Plus il était prouvé qu'on s'était joué de moi, mieux je devais décrire le théâtre sans public dont j'avais été le figurant, le pantin et parfois l'histrion. Ce sera mon dernier texte. Après, je m'emploierai à m'effacer. Et personne ne me regrettera. Je viens d'ailleurs de démissionner de la radio. Le directeur des programmes, qui voulait offrir ma petite chronique à sa jeune maîtresse, une groupie de Luc Besson, a accueilli ma décision avec soulagement. J'ai misé gros, j'ai perdu, salut la compagnie. Plus rien, désormais, ne me retient dans cette ville.

Le plus étrange est que je ne parviens pas à en vouloir à Klara. À l'instant où j'écris ces lignes, j'ignore où elle se trouve. Tous ceux dont elle a fait le succès et même la gloire l'ont quittée en la vouant aux gémonies. Ils sont paniqués. Ils craignent de voir leur nom sali par le scandale qui a ravagé l'agence. À les entendre, ils n'ont jamais mis les pieds à *La Clairière*. Certains ont même décidé de lui faire un procès : elle les aurait escroqués, elle aurait détourné des cachets et nui à leur carrière.

Je ne sais pas ce qu'il y a de vrai, de faux, dans cette tragédie, mais je sais que Klara m'émeut. C'est plus fort que moi. Elle m'évoque soudain le beau visage désemparé de Romy Schneider dans *La Banquière*, ce mélange de vulnérabilité et de cran, une insondable solitude après la banqueroute, une fierté déchirée et cette autorité cassante, claironnée par un accent étranger, qui défie la foule, annonce la folie.

Il est cinq heures du matin, je n'ai pas dormi et j'ai soudain envie de serrer dans mes bras la condamnée que tout le monde s'honore de détester. C'est aussi pour exprimer ce trouble, dont je n'ai pas l'explication, et cette compassion, où je me reconnais, que j'écris cet impossible mémorandum. En espérant que, là où elle se trouve, il puisse l'atteindre

Bonjour, chère Klara, Paris s'éveille, et je suis là

XVII

En marchant pieds nus sur la plage déserte de Luzéronde, je suis allé voir se lever le soleil derrière la pointe de Devin. L'air est vif, mais la lumière très douce, avec des éclats *vintage* de vieux film colorisé. Dans le sable humide, j'ai ramassé des palourdes, des turritelles et des couteaux. J'ai aussi cueilli dans les dunes herbeuses des éphèdres, des gaillets et des laîches. J'en fait des collages enfantins, des mosaïques marines, cela m'occupe. J'ai tout mon temps. Je m'ensauvage sans plaisir ni déplaisir. Je vis chaque journée comme si c'était la dernière. J'ai l'impression d'être en apnée.

Pour la première fois, je reprends mon récit là où je l'ai abandonné, il y a six mois. Je ne l'ai pas relu. Aucune envie de m'y replonger. J'aurais la dégoûtante impression d'être un chien qui bouffe son vomi.

Et puis, cet aide-mémoire ne m'est plus utile. J'ai dit aux inspecteurs qui m'interrogeaient tout ce que je savais. Ils étaient d'ailleurs plutôt courtois. Mon flegme les a étonnés. Ma naïveté les a fait sourire. J'ai cru comprendre que les autres témoins avaient chargé Klara Gottwald de tous les maux de la terre et qu'ils eussent volontiers rétabli, pour elle, la peine de mort.

Une telle haine à l'égard d'une femme dont ils s'étaient servis et qui les avait servis a même paru suspecte aux policiers, que les palinodies des people et les colères feintes des VIP n'impressionnent guère. Le plus virulent et le plus ingrat, paraît-il, est un comédien défraîchi, célèbre pour sa consommation de coke et ses emplois d'aristocrate faisandé dans le théâtre de boulevard, qui avait sa chambre à l'année à *La Clairière* et dont Klara réglait discrètement les innombrables dettes. Très en verve, les flics m'ont parlé aussi de ce romancier mondain et aux abois qui ne s'était jamais remis d'avoir connu, avec une saga tropézienne, un éphémère succès dans les années 1980 et à qui, en échange de scenarii bancroches et de synopsis improbables, l'attentionnée Klara versait une mensualité pour lui épargner, sinon le déshonneur, du moins la misère. Eh bien, ce ringard s'est époumoné à réclamer pour sa bienfaitrice la confiscation de ses biens et la réclusion à perpétuité. Il a même préconisé la prison de Fresnes.

J'ai demandé à mes questionneurs s'ils savaient où étaient Klara et Hilda Gottwald, ils m'ont seulement glissé, sans s'appesantir, qu'elles vivraient en Suisse alémanique. *La Clairière*, c'est officiel, a été rachetée par une chaîne hôtelière ; ce sera une gentilhommière idéale pour séminaires de cadres, mariages de riches cultivateurs et week-ends adultérins. Quant à l'agence, elle est entre les mains d'un liquidateur judiciaire : depuis qu'Artmedia a récupéré la plupart des contrats et accueilli les vedettes à bras ouverts, c'est une coquille vide autour de laquelle tournent des journalistes qui ont mal lu Guy Debord et rédigent déjà des stories, promises au hit-parade, sur « La chute de la Gottwaldie » et « Les ravages de la société du spectacle ». Je crois rêver. Je rêve.

J'habite maintenant une maisonnette oubliée du temps au fond du bois de La Louque, sur la commune de La Guérinière. C'est une forêt de pins et de chênes verts, plantés au milieu des dunes de sable, qui gémit sous les assauts contradictoires des alizés. Je me réveille et m'endors dans une odeur de résine et de réglisse, un parfum d'enfance.

Lorsque j'ai quitté Paris, je suis allé sans réfléchir vers l'île de Noirmoutier. J'y avais des souvenirs d'adolescence ombrageuse, de vacances sportives, de moulins à vent sans emploi, de volets bleus, de murs blanchis à la chaux et de plages où, en pêchant la crevette, je guettais autrefois mes héros de *César et Rosalie*, Romy

Schneider, Yves Montand et Sami Frey, accompagnés par la toute jeune Isabelle Huppert en ciré jaune. J'imaginais que surgissait des dunes la SM six cylindres de Montand, avec son long châssis tranquille, sa suspension hydropneumatique, son esthétique pompidolienne et son silence de vêpres.

J'ai longtemps attendu que la mer se fût retirée pour pouvoir emprunter le Gois et être saisi par ces effluves puissants de varech, de vase et de poisson frais qui accompagnent l'adieu au continent et annoncent l'arrivée sur l'île. J'ai trouvé sans mal cette petite maison de pêcheur à louer. Elle n'a aucun confort. Je m'y sens bien. Après la tempête, j'avais besoin d'un refuge. Avec mes modestes indemnités de la radio, j'ai de quoi tenir, à condition d'adopter une vie spartiate, pendant une année.

Les premiers jours, je n'ai pas cessé de dormir. Maintenant, je mène une existence d'écœuré. Je marche dès l'aube. Je lis beaucoup, j'écris un peu, je fabrique des herbiers, j'écoute en boucle les *Suites* de Bach et parfois un vieux disque de Christophe, *Aline*, *Les Marionnettes*, *Petite Fille du soleil*, *Señorita*, *Un succès fou*... Je ne me rase pas et ne fais plus l'amour. Ma barbe pousse droit, mon sexe se recroqueville. Je ne vois personne, à l'exception d'un jeune couple qui a ouvert, avec quelques poneys et une demi-douzaine de réformés des courses, un modeste centre équestre au milieu des champs, à l'entrée de L'Herbaudière. On a sympathisé. Ils me tiennent pour un hurluberlu mais acceptent de me prêter Fantôme, un vieux trotteur désenchanté sur le dos duquel, en essayant de peser le moins possible, je parcours l'après-midi les marais salants jusqu'à L'Épine, longeant, par d'étroits sentiers enherbés, les digues et les vasières où des sauniers silencieux, dont j'envie la placidité régulière, voluptueuse, cueillent la fleur de sel avec une longue lousse en bois.

Ce paysage sans paysage, d'une platitude à perte de vue, me fait du bien. Pas d'arbres, pas de fleurs, pas de riches plantations, pas d'habitations, dans ces marais que l'on explore chaque jour, Fantôme et moi, avec le sentiment de trotter, au milieu des mouettes et des gorges bleues, dans le ciel immense qui écrase une terre sableuse et blonde.

En fin de journée, je vais me baigner sur la plage des Dames et je rentre à la maison. J'attends que tombe la nuit pour ouvrir mon portable, dernier lien avec le monde que j'ai fui comme un voleur. Ce soir, j'avais un message de Jean-Claude, qui s'étonnait de ne plus pouvoir me joindre et me demandait si mon roman avançait, s'il pouvait le programmer pour l'automne. Je souris. Depuis que Klara ne fait plus obstacle entre lui et moi, il a retrouvé la voix aimable de l'éditeur attentionné. Elle me paraît jaillir d'un autre temps, d'une autre planète. Je ne lui répondrai pas. La littérature est pour moi une époque révolue. J'y ai consigné mes regrets, mes remords, ma fierté, mes jouets d'enfant, une collection de timbres, des photos en noir et blanc, la valise est pleine, je l'oublie au grenier.

Je ne guette plus rien, sauf le gros grain qui vient du nord-ouest et le courrier du matin, déposé par le dernier postier affublé d'un Solex. J'ai envoyé, il y a quelques jours, une lettre à Jacques Chessex, mon lointain et si proche ami. Cela fait plus de trente ans qu'on s'écrit sans se voir, qu'on correspond même par le silence. Il me parle de la fraîcheur des églises romandes, moi de la tiédeur des box l'hiver, et c'est la même langue. L'ermite de Ropraz m'a précédé dans le goût de la solitude et l'exil intérieur. Il n'a jamais quitté son pays de Vaud, où il s'enracine comme un grand chêne. La persistance de ses obsessions et l'âpre beauté de sa prose l'ont tenu éloigné de la tectonique des modes. Il a hérité de l'étymologie paternelle, il s'applique désormais à une théologie spéculative. Chez lui, Port-Royal a succédé à *Bel-Ami*. J'ai souvent pensé que les sœurs Gottwald, celles de l'avenue George-V aussi bien que celles de *La Clairière*, ne dépareraient pas la sombre galerie de ses personnages romanesques : des figures de perdition, des professeurs suicidaires, des pasteurs condamnés, des avocats en chute libre, des écrivains coupables d'avoir trop désiré la chair des femmes, des doubles inquiétants qu'il abandonne dans des gares désaffectées, des cimetières à l'abandon, des casinos en ruine et une campagne spectrale, avant de les confier, sceptique et croyant à la fois, à la main de Dieu.

J'ai demandé à Jacques de me donner le nom d'un journaliste suisse qui pourrait me dire où se cache Klara. Dans le désert insulaire où je me trouve, je ne cesse en effet de penser à elle. J'ai appelé en vain sur son portable et celui d'Hilda, elles ont résilié leurs lignes. Ce mutisme m'effraie. J'ai besoin de savoir que Klara a tourné la page, que la vie reprend timidement son cours, pour être en paix avec moi-même.

J'ignore ce qui me lie à ce destin brisé et pourquoi il me tient éveillé, alors que j'ai tout abdiqué. Je ne sais pas davantage d'où vient que j'aie le sentiment de lui être redevable. Elle ne m'a pourtant apporté, depuis notre première rencontre, que des ennuis et des déconvenues : Laetitia est partie, l'inspiration m'a quitté, j'ai démissionné de la radio et, à l'âge de la prospérité, je vis dans un bois odoriférant comme un paludier sans âge. Mais elle m'a aussi révélé, le voulait-elle seulement, la part la plus noire de mon âme. Elle m'a sauvé du confort, elle a griffé ma bonhomie, elle m'a dessillé. En somme, je lui dois de ne pas m'être assoupi. Il me semble qu'on a atteint, aujourd'hui, le même point limite, moi sur mon rivage venté, elle sur je ne sais quelle montagne enneigée. Ce serait bien qu'on se retrouve ; on se réconforterait, j'en suis sûr.

XVIII

Retour de l'île d'Yeu, où j'ai passé trois jours à m'éloigner encore davantage du continent et de moi, à hiberner, à dériver (j'avais pris une chambre dans un petit hôtel de Port-Joinville, où il n'a cessé de pleuvoir, la nuit j'entendais la mer travailler et les haubans claquer sous les bourrasques du suroît, j'avais l'impression de dormir dans la soute d'un chalutier malmené ; le soleil n'a reparu, éclatant et prétentieux, dans un ciel lavé au gant de crin, qu'au moment de la paisible traversée vers Barbâtre), une lettre m'attendait, qui portait le tampon de la Confédération helvétique. Elle était signée Franz Mühler, journaliste dans un quotidien bernois.

« Monsieur,
Notre ami commun, Jacques Chessex, me prie de vous donner des nouvelles de votre agent artistique et littéraire, Mme Klara Gottwald. Je le fais d'autant plus volontiers que j'ai lu autre-

fois avec plaisir votre roman, *La tête froide*, et que j'appréciais beaucoup votre chronique à la radio dont je regrette, ainsi que de nombreux cinéphiles, la soudaine disparition.

Comme vous le savez sans doute, Mme Gottwald est arrivée en Suisse il y a six mois. Elle était précédée par une méchante rumeur et suivie par sa gentille sœur cadette, Hilda. Elle se disait "écœurée" par la campagne que la presse française a menée contre elle et a choisi de vivre désormais, je la cite, "dans un pays honnête où la vie privée est protégée et où la justice est respectée". Je l'ai rencontrée rapidement à Berne avant son départ pour Mürren. Elle a en effet jeté son dévolu sur cette charmante station de l'Oberland bernois que vous devez connaître et qui fait face, sur une terrasse naturelle, à la Jungfrau. Elle avait besoin, dans tous les sens du terme, de prendre de l'altitude.

Elle loge actuellement, avec sa sœur, à l'hôtel Regina en attendant, dit-elle, de trouver un chalet à acheter. C'est là que vous pourrez la joindre.

En espérant avoir répondu à votre attente, je vous prie de croire, Monsieur, en mes sentiments les meilleurs.

Franz Mülher.

P.S. : Ci-joint, l'interview de Mme Klara Gottwald que, à la demande de mon journal, j'ai réalisée il y a un mois à Mürren. Elle ne vous apprendra rien que vous ne sachiez déjà mais elle a le mérite, je crois, de plaider en sa faveur et de couper court aux allégations mensongères dont, apparemment, elle a beaucoup souffert. »

La photocopie de l'article, noirâtre, ne favorisait guère le portrait en pied de Klara qui l'illustrait. Mal coiffée, le cheveu décoloré, elle posait en survêtement et en après-ski sur un chemin enneigé. On aurait dit une cartomancienne en vacances, une astrologue qui a réussi. Elle avait grossi. Son visage exprimait une manière d'hébétude. Je la retrouvais sans la reconnaître. C'était la photographie de la défaite, juste après la bataille, quand résonne, sur des feux mal éteints, la sonnerie aux morts.

Aux questions que lui posait Franz Mühler, dépêché à flanc de montagne pour recueillir la confession de la diva en exil, appelée ici « l'agent roi », elle répondait par des phrases lapidaires. Je croyais entendre sa voix sifflante, je revoyais sa main sèche balayer, sur une nappe de Lipp, des miettes de cancans et les écraser, l'une après l'autre, d'un majeur vengeur.

Évidemment, elle niait tout en bloc : le scandale financier, le népotisme et le proxénétisme. Elle se disait « persécutée », parlait d'un « complot » dont elle aurait été la victime parce qu'elle était puissante et qu'elle restait « une étrangère » pour les Français, ces « indécrottables xéno-phobes ». Elle ajoutait, sur le ton de la sincérité : « Que l'on me reproche de tourner la tête des comédiens et des écrivains, d'alimenter la flambée des cachets et des à-valoir, c'est de bonne guerre, mais qu'on fasse de moi une ar-naqueuse, je ne peux pas le supporter. C'est vrai que j'ai voulu imposer en France le modèle de l'agent américain, qui est à la fois un juriste, un conseiller littéraire, un banquier, un rewriter, un coach et un aide-soignant. Non seulement je ne m'en suis jamais cachée, mais je m'en suis aussi vantée. C'est encore vrai que, dans un milieu toujours régi par les lois de l'hypocrisie, je parle ouvertement d'argent, de négociations, de deals, de pourcentages, d'enchères. Et ça, pour la patrie de l'élégante NRF et des catholiques édi-tions du Seuil, où l'auteur traite directement avec son éditeur, c'est inadmissible. Or, vous n'ignorez pas qu'on n'est plus au dix-neuvième siècle, ce sont d'énormes multinationales qui si-gnent désormais des contrats avec les écrivains et, croyez-moi, si je n'étais pas là, ils se feraient tous avoir comme de la bleusaille. On a été jusqu'à écrire que j'avais déstabilisé le marché et provoqué la chute de certaines maisons parce que je demandais trop pour les auteurs dont j'avais la charge. C'est à la fois stupide et hon-teux. Je ne suis pas une voleuse, je suis une sau-veuse. En France, ma fonction est aujourd'hui

154

singulière. Dans vingt ans, elle sera aussi banale qu'aux États-Unis. » C'était assez convaincant.

Surtout, elle ne comprenait pas pourquoi personne ne l'avait soutenue alors qu'elle faisait bien son métier et que son agence avait été « si profitable à la création culturelle. J'ai consacré ma vie à défendre au mieux les intérêts des artistes qui m'ont fait confiance, et voici comment ils me remercient : en me tournant le dos ! ». Elle promettait de régler ses comptes, un jour. Et même de raconter les secrets que l'expérience lui avait enseignés, dont nul, jurait-elle, ne se relèverait. Paris pouvait trembler !

En attendant, elle se reposait dans une Suisse qu'elle idéalisait. Elle apprenait ici à ne rien faire, sinon lire. « Quoi ? », lui demandait le journaliste. Elle chantait les louanges de deux livres rédigés par des comédiens qu'elle aurait aimé, disait-elle, compter dans son agence parce qu'ils « n'avaient pas perdu leur âme sur les plateaux, eux ! ». C'étaient les souvenirs de circumnavigation de Bernard Giraudeau, petit-fils de cap-hornier et marin au long cours qui avait laissé beaucoup de lui sur le pont de « la *Jeanne* », dans les ports de nuit et les lits sales des filles de joie. À un ami cloué sur un fauteuil roulant par la myopathie et qui rêvait d'aller aux îles Marquises, l'acteur aux yeux bleu azur racontait les couleurs et les parfums du lointain, les sauts en parachute dans le ciel malgache, les raids dans

l'océan Indien, le souffle divin de la Transama-
zonienne, le goût de la bosse de zébu et des pi-
ranhas grillés, et il n'avait pas oublié le lyrisme
de ce capitaine qui lançait à ses hommes à l'instant précis du soleil couchant : « Messieurs, le
soir tombe, ramassez-le ! » Elle parlait aussi d'un
roman de Françoise Henry, *Le rêve de Martin*,
qui ferait, selon elle, un film excellent. « C'est la
poignante histoire d'un destin brisé, d'un irrépa-
rable gâchis, d'un secret de famille dans la
France paysanne des années cinquante. Je ne
sais pas pourquoi, confiait Klara à son interviewer, je me suis reconnue, jusqu'à en pleurer,
dans la douleur de cette mère qui doit abandonner son garçon apeuré de douze ans parce
qu'il est né d'un amour interdit. De l'au-delà,
elle s'adresse à Martin, son enfant de la légèreté,
elle lui dit tout ce qu'elle n'a pas su lui raconter
de son vivant, elle avoue sa lâcheté, elle lui demande pardon, elle prouve que, malgré son apparente indifférence, elle n'a jamais cessé de
s'inquiéter de lui, d'aimer ce mal-aimé. » L'en-
tretien se terminait par cette citation du roman
que Klara Gottwald offrait à un Franz Mülher
décontenancé et qui me donnait la chair de
poule : « Un homme sans âge, jamais devenu
mari, ni père, privé de ce qui vous fait naître
mais aussi grandir, de ce qui vous jette dans le
monde mais aussi vous en donne la force :
l'amour d'une mère. » Combien étions-nous à

savoir que, dans ce journal suisse, l'énigmatique Klara, presque insensible à son propre sort, s'adressait à son fils Milan, qu'elle avait sacrifié il y a une trentaine d'années à ses ambitions, et qui devait avoir déjà les traits vieillis, les paupières lourdes, le regard fixe des hommes auxquels les bonheurs de l'enfance ont été refusés.

Je passai encore trois semaines à jouer les Robinson à Noirmoutier dans une atmosphère de naufrage tranquille. Chaque jour, j'explorais avec Fantôme de nouveaux marais, de nouvelles plages, de nouvelles pinèdes. J'aidais à curer et pailler les box, à donner le foin, à verser les granulés, à soigner les fourbures, cela me faisait de l'exercice. Le soir, je me regardais maigrir, et m'assécher. Je ne lisais plus, je me lavais peu. Je négligeais d'ouvrir mon portable : la messagerie était désormais vide. J'oubliais le monde, qui m'oubliait. Plusieurs fois, je composai le numéro de téléphone de l'hôtel Regina mais raccrochai dès la première sonnerie. J'avais peur d'entendre la voix de Klara, je n'avais pas le cran de supporter ses reproches légitimes. Moi aussi, par mon silence, je l'avais reniée.

C'est lorsque, à l'approche de Noël, débarqua sur l'île, par le pont fuselé des vacanciers pressés, la cohorte des Parisiens et des Nantais dans leurs voitures familiales remplies de cadeaux et de chapons, que je pris la décision de partir pour Mürren. Je fermai ma maisonnette du fond des bois, allai caresser Fantôme qui somnolait dans un paddock, achetai, pour les offrir à Klara, un grand sac de fleur de sel et un autre de salicornes, et rentrai à Paris avec l'effroi du voyageur déboussolé qui a fait le tour du monde et ne reconnaît rien des lieux où il a si longtemps vécu. Je passai une nuit dans mon petit appartement de Montmartre qui puait la poire blette et le beurre rance, avec le sentiment d'être assailli par les souvenirs, Laetitia qui chantonnait le matin dans la salle de bains, les dîners joyeux avec les copains, l'exaltation de l'écriture quand l'inspiration coulait de source, la vie gorgée de petits riens et de grandes promesses, le désir inaccompli d'avoir, un jour, des enfants blonds. Tout cela s'était fracassé et j'étais seul, les yeux ouverts, à attendre l'heure d'aller gare de Lyon pour rejoindre, en Suisse, une femme qui m'avait fait tellement de mal et qui me manquait tant.

XIX

Dans le TGV qui filait vers Lausanne, silencieux et rapide comme une torpille, entre deux sommeils je relisais, d'Eugène Sue, *Godolphin Arabian*, le portrait rocambolesque de l'étalon barbe offert, en 1731, par le bey de Tunis à Louis XV et devenu, après avoir régné sur le désert et tiré, dans Paris, la charrette d'un marchand d'eau, le père fondateur du pur-sang anglais, qui n'a donc rien d'anglais. À côté de moi, une femme était plongée dans *Les principes du dressage*, de James Fillis ; parfois, de ses lèvres brillantes s'échappait à son insu le petit claquement chuinté des cavaliers qui, préférant le borborygme à la badine, donnent de l'impulsion à leur monture au travail. Elle avait des cheveux bleus, un profil maigre et ces mains abîmées que les rênes de bride ont usées jusqu'à l'os.

À la hauteur de Montbard, nos livres respectifs se reconnurent et nos regards se croisèrent. Je lui dis que j'allais à Berne, et que j'aimais les chevaux. Plus d'une fois, ils m'avaient sauvé de l'asthénie. Elle sourit, ainsi qu'à un enfant capricieux, et me raconta qu'elle montait depuis l'âge de douze ans. Elle en avait aujourd'hui soixante-dix. « Faites la soustraction, et vous constaterez que je n'ai pas souvent mis pied à terre ! » Elle était drôle. Elle se présenta : « Anne Besson. » Elle avait été autrefois la rédactrice en chef d'une revue équestre de Suisse romande. Elle vivait désormais dans une maison de la campagne genevoise dont la cuisine donnait sur l'écurie, où ses deux chevaux lui tenaient compagnie. « Chaque matin, je les nourris, je les panse, je nettoie leurs box et puis je pars en promenade sur l'un d'entre eux, à cheval entre la Suisse et la France. Je suis une cavalière frontalière. »

Anne Besson était intarissable. Tandis que le train glissait hors du temps, je l'écoutais réveiller ses souvenirs. Un destin, parmi tous, l'avait profondément marquée. C'était celui d'un vieil aristocrate anglais, prénommé Julian, qu'elle avait rencontré sur les bords du Léman. Il avait monté tout au long de sa vie. Il était, sur la science et l'art équestres, d'une érudition exceptionnelle. Julian et elle se téléphonaient souvent, s'écrivaient des lettres en forme de vade-mecum, échangeaient avec ferveur leurs secrets de monte et d'embouchures. Ce n'était pas vraiment une liaison sentimentale, c'était plutôt une communion d'esprits. Une histoire d'amour, celui des équidés. Julian vivait avec sa femme au Lausanne Palace, mais la relation qu'il entretenait avec Anne devait demeurer clandestine. Car plusieurs membres de sa famille s'étant tués à cheval, elle interdisait à son mari non seulement de monter mais aussi d'avoir un quelconque rapport, fût-il intellectuel, avec l'animal qu'elle tenait pour un assassin. Le fréquenter, c'était s'en rendre complice. En apparence, il était contraint d'obéir car elle tenait les cordons de la bourse et il avait l'habitude du luxe. S'il croisait Anne sur les rives d'Ouchy, il feignait de ne pas la connaître ; s'il tombait dans un livre sur la reproduction d'un entier peint par Géricault, Stubbs ou Svertchkov, il le refermait aussi précipitamment que s'il se fût agi d'une image pornographique et, la larme à l'œil, retenait son ravissement. Mais un jour, sir Julian n'avait plus supporté de se mentir à lui-même, de brider sa passion, et, à la manière du commandant Gardefort à la fin de *Milady*, il s'était jeté, en bottes cirées et cravate club, du haut du pont Bessières. « Il avait préféré la mort à une vie sans chevaux », conclut Anne Besson, moraliste, et ajouta : « Je ne sais pas pourquoi j'ai eu envie de vous confier ce souvenir, sans doute pour qu'il demeure quelque chose d'un homme qui incarne pour moi le cavalier absolu. »

Elle descendit à Lausanne. Je la vis s'éloigner sur le quai d'un pas alerte. Elle s'était délestée, à grande vitesse, d'une partie de sa mémoire. Peut-être avait-elle aimé, plus encore qu'elle ne le disait, ce Britannique intransigeant. De dos, elle avait les jambes légèrement arquées des écuyères qui ont été fidèles aux chevaux. Je me disais que cette femme était exactement le contraire de Klara. Elle n'avait jamais cherché la lumière, ni la fortune. Elle avait fui les villes et leur concert de vanités cuivrées. Sa seule ambition avait été d'être juste à cheval et son bonheur, de travailler l'équilibre de ses hongres dans la pénombre des manèges, la bise des carrières, l'arrière-cour du temps. Ses quelques exploits n'avaient sans doute guère eu de spectateurs. Son art avait été éphémère. Elle avait négligé ses contemporains et ignoré son époque. Elle n'avait pas connu la haine, l'impatience, la vengeance, la désillusion, elle vieillissait bien, dans l'odeur tiède de la paille et du cuir ciré, à peine était-elle encore effleurée par le regret d'un vieil Anglais désarçonné qui avait mis fin à sa cavalcade en se jetant du haut du pont des Suicidés.

C'est Jacques Chessex qui m'avait appris qu'on appelait ainsi le pont Bessières. En ce temps-là, il habitait un appartement au 1 rue de La Mercerie, et enseignait la littérature française, surtout Flaubert, Maupassant et Zola, au Gymnase de la Cité dont son père, qui s'était tué à quarante-huit ans d'une balle dans la tête, avait été le directeur. La fenêtre de sa classe donnait sur le pont, d'où tombaient, sous le regard éberlué des élèves, avec une régularité de travail à la chaîne, soixante à soixante-dix corps tout au long de l'année. Ils allaient s'écraser sur l'asphalte, en contrebas, près d'un garage où étaient entassés des sacs de suie offerts par la municipalité afin d'éponger le sang des victimes. C'était à la fin des années 1970, alors que la rage, surgie de l'Est comme une épidémie médiévale, avait gagné le pays de Vaud et en particulier le Jorat, où Chessex faisait construire, entre Moudon et Carrouge, sa future maison, pleine de baies vitrées, à la porte d'un cimetière. Il me racontait que, dans le pays le plus civilisé et le mieux vacciné, plus de mille animaux étaient abattus chaque mois. Des brebis, des chamois, des renards, des putois, des hermines, des chiens, des bovins et même des chevaux écumants, qui se tapaient contre les murs. Dans la campagne, les bêtes contaminées aux yeux aveugles poussaient des cris de damnés et, sur les hauteurs de Lausanne, des désespérés sautaient par-dessus la rambarde pour échapper à la maladie de vivre. Il me semblait que, en 1972, sans le savoir, Klara avait suivi, elle aussi, depuis la Tchécoslovaquie, le long couloir de la rage.

À Berne, je pris un train pour Interlaken et de là, pour Lauterbrunnen. La seule façon d'accéder à la station, située à mille six cents mètres d'altitude et inaccessible par la route, était d'emprunter d'abord un funiculaire et ensuite un chemin de fer antédiluvien qui serpentait le long d'une montagne verticale jusqu'à Mürren, gros bourg accroché sur le versant oriental du Schilthorn. Le voyage tenait de l'expédition. À la sortie de la gare, je vis une lumière rose recouvrir, sur la chaîne d'en face, le sommet enneigé de l'austère et impériale Jungfrau. Le jour descendait, le soir montait.

On m'indiqua, dans un français rugueux de Suisse alémanique, l'hôtel Regina. C'était une énorme bâtisse meringuée. Elle ressemblait à ces grands hôpitaux d'altitude où l'on soignait, autrefois, les tuberculeux. Le hall était spacieux. Je demandai Mme Gottwald et déclinai mon identité. Le concierge me pria de patienter au bar, où un pianiste maltraitait en sourdine des airs cruels d'Édith Piaf. J'attendis longtemps. Enfin, Klara parut. Elle avait pris dix ans. Il y avait de la méchanceté dans son regard. Je me levai pour l'embrasser. Elle préféra me tendre la main. Je lui proposai de s'asseoir et commandai un pastis en souvenir, lui dis-je, du Lutetia.

« Alors, tu es venu voir l'accusée en chair et en os ? C'est un journal people qui t'envoie ?

— Non. Tu me manquais. J'avais besoin de parler avec toi. J'avais envie de t'embrasser. C'est raté.

— Et tu as fait le voyage rien que pour ça ?

— Pour me faire pardonner, aussi. J'aurais dû être plus présent quand tout le monde t'a attaquée. Je me suis défilé. Je m'en veux.

— Je te rassure. Je n'ai aucun besoin de toi. Je n'ai d'ailleurs plus besoin de personne. Je suis assez grande pour me défendre.

— Et tu comptes revenir à Paris ?

— À Paris ? Mais pour quoi faire ? L'agence est morte. Je suis morte. Disons que je m'accorde ici un peu de sursis.

— Ça veut dire quoi ?

— Je me comprends.

— Hilda est là ?

— Elle doit être à la messe. Depuis qu'on est arrivées ici, elle passe son temps à l'église. Elle adore l'odeur du confessionnal. Ça lui rappelle sa jeunesse. Elle fait une cure de bigoterie. Elle dit qu'elle a besoin de se nettoyer. Elle est idiote. Je ne t'apprends rien. »

Il y eut un grand silence. Par la fenêtre, Klara regardait les montagnes sans les regarder. Elle avait de grosses poches sous les yeux. Elle fumait toujours autant. Elle n'était même pas maquillée. Elle commanda un deuxième pastis. Je lui proposai de l'inviter à dîner. Elle refusa en râlant. Elle me faisait une peine infinie. Je tentai

de lui prendre la main, elle eut un geste de dégoût. Elle haussa le ton.

« Fous le camp !

— Mais enfin…

— Fous le camp, je te dis. »

Elle se mit à hurler. Les gens nous regardaient. Ils avaient le chuchotis méprisant et in-
quiet.

« Connard ! Petit morveux ! Ingrat ! Salaud
de Français ! Écrivain de mes deux ! »

Klara se leva en titubant et en toussant. Je la
vis sortir par la porte-tambour dans la nuit glacée.

À l'accueil, je demandai une chambre et l'heure,
le lendemain, du premier train pour Berne.

XX

C'est Hilda, avec une touchante candeur, qui m'a raconté, longtemps après, les dernières semaines de sa sœur. Elle m'a dit qu'elle avait tout fait pour l'aider, qu'elle avait « tenté de la sauver ». Mais Klara résistait aussi fort à l'affection qu'à la compassion. Elle était désormais seule, et inatteignable. Elle avait même cessé de vouloir se justifier. Elle avait quitté un pays où elle inspirait une haine disproportionnée pour trouver refuge dans un village de montagne où elle s'inspirait à elle-même un dégoût démesuré.

Elle buvait de plus en plus, mélangeant les alcools aux antidépresseurs. Les employés de l'hôtel Regina s'étaient habitués à ses délires et à ses chutes dans les escaliers. Chaque soir, ils la portaient dans sa chambre. C'était devenu un rituel, comme éteindre les lumières ou passer la serpillière dans le hall. Certains poussaient la délicatesse jusqu'à lui retirer ses habits sales et la couchaient dans son lit, où elle maugréait en bavant. Hilda la veillait en lisant sa Bible en silence.

Parfois, le téléphone sonnait. Hilda répondait à voix basse tandis que, sous les couvertures, sa sœur ronflait en expectorant d'inaudibles insultes et de petits cris d'effroi. Quelques comédiens, une poignée, venaient encore aux nouvelles. Ils appelaient toujours à la nuit tombée. Ils regrettaient les beaux jours de la Gottwaldie et son ambiance familiale. Ils n'étaient pas heureux dans leur nouvelle agence. Ils prétendaient que personne n'avait su, comme Klara, les stimuler, croire en eux, leur trouver des rôles en or, des scenarii de qualité, des projets ambitieux. Ils comparaient leurs jeunes managers à des techniciens de surface. Hilda les écoutait se plaindre en regardant Klara dormir la bouche ouverte. En fait, ils téléphonaient moins pour s'inquiéter d'elle que pour pleurnicher sur eux-mêmes. Et plus ils étaient âgés, plus ils étaient infantiles.

Après avoir bordé une dernière fois sa sœur et passé une main fraîche sur son front chaud, Hilda allait se coucher dans sa chambre, où elle priait en tchèque devant un crucifix imaginaire.

Klara se levait à l'aube. C'était le seul moment où elle avait toute sa lucidité ; où la colère, bientôt assommée par le pastis, le whisky et le gin, faisait encore son office cathartique. On lui montait du café noir. En robe de chambre, elle s'asseyait a sa table et, pendant au moins deux heures, rédigeait son courrier. De A à Z, tous les noms de son carnet d'adresses, une manière de *Who's Who*, y passèrent. Tous ses anciens amis. Tous ses collègues de travail. Tous ceux dont elle se flattait d'être l'intime. Tous ceux dont elle gérait la carrière. Tous ses obligés et ses protégés. Des acteurs, des écrivains, des cinéastes, mais aussi des producteurs, des journalistes, des politiques. Une foule qu'elle voulait haranguer et sermonner, une dernière fois.

C'étaient des lettres affreuses, des lettres de diffamation, de délation et de condamnation. Klara, il faut le reconnaître, excellait dans l'offense, la perfidie et le dédain. Elle avait bien appris, en France, l'art national de la caricature et la rhétorique du libelle. Elle faisait payer à la terre entière trente années d'hypocrisie professionnelle, de fausse courtoisie, de sourires nécessaires, de complaisances et d'accommodements. Ces vanités qu'elle avait astiquées, maintenant elle les brisait, l'une après l'autre, consciencieusement.

Hilda m'a montré quelques lettres. Elle les a en effet toutes conservées dans un gros sac. Chaque jour, Klara la chargeait de les envoyer. Elle faisait semblant d'aller à la poste et les cachait aussitôt dans son armoire. Klara ne l'a jamais su. Elle n'a donc même pas pu livrer son ultime bataille. Sa vengeance a été étouffée et son courrier, détourné. « Tu comprends, je ne pouvais pas la laisser injurier tous ces gens », m'expliqua Hilda, un peu désemparée.

J'avoue avoir ouvert les enveloppes avec un certain plaisir. La plupart des destinataires l'avaient bien mérité. Parfois, Klara se contentait d'écrire, au milieu d'une page blanche, un gros « Merde ! » ou « Pauvre con ! ». Il arrivait aussi à l'hôtelière de *La Clairière* de faire état de secrets intimes : « Espèce de bande-mou ! », « Pauvre maso scatophile » ou « Chère petite bite… » Elle ne détestait pas non plus adresser des rapports circonstanciés aux épouses des acteurs qu'elle avait hébergés : « Votre mari, chère Madame, ne tournait pas les week-ends de mars et avril 2004, il se faisait sucer par de jeunes filles affamées dans une maison bourgeoise sise près de Montfort-l'Amaury. Il sera, j'en suis certaine, très heureux de vous raconter en détail ses galipettes pascales. J'ai en outre le regret de vous apprendre qu'il vous trouve laide, grosse, sèche et imbaisable. Lorsqu'il imite vos débiles de parents en public, il est impayable. Embrassez-le pour moi. » Et elle signait : « Une amie. »

Mais Klara n'était jamais plus cruelle que sur le terrain professionnel. Au rôle-titre du *Seigneur de l'été*, cinq millions d'entrées en France, elle révélait qu'il l'avait obtenu non pas pour son talent, inexistant, mais parce que l'agence avait offert en contrepartie au producteur une participation dans le capital d'un studio américain. Elle félicitait le directeur d'un mensuel de cinéma d'avoir consacré sa une, pour une pathétique comédie chorale dont même la télé n'avait pas voulu, à la comédienne bégayante avec laquelle il couchait. Elle apprenait à des romanciers crédules et prétentieux que leurs invendus avaient été pilonnés à leur insu : « J'ai le plaisir de vous annoncer que quatre mille exemplaires de votre navet ont été broyés, en juin dernier, pour être aussitôt recyclés en papier d'emballage. Preuve qu'un bouquin nul peut devenir utile. » Elle appuyait là où ça fait mal, raillait les scénaristes en mal d'inspiration, ridiculisait les actrices vieillissantes qui multipliaient les opérations chirurgicales pour tenter d'obtenir des emplois de jeunes premières, épinglait les lâches, dénonçait les fourbes, piégeait les stratèges, racontait aux uns tout le mal que les autres pensaient d'eux.

Si ces lettres avaient été envoyées, elles auraient semé dans Paris une zizanie d'anthologie. En les dissimulant, Hilda avait peut-être évité une guerre civile dans le petit monde des lettres et du spectacle. Mais elle m'a privé d'un beau feu d'artifice. J'aurais volontiers applaudi.

À la fin, Klara avait perdu le goût de l'avanie et l'envie de prendre la plume. Elle se contentait de glisser, dans des enveloppes matelassées aux adresses ronflantes, des mouchoirs jaunâtres, des cotons-tiges usagés, des cendres de cigarettes et même des bouts d'excréments. Elle chiait à la gueule de ses ennemis. Hilda jetait tout ça dans les poubelles. L'hôtel a fini par se plaindre. Klara devenait vraiment encombrante.

Le 14 juillet au matin, elle a disparu. On a reconstitué sans mal son itinéraire. Elle a pris le tortillard puis le funiculaire pour redescendre dans la vallée. Elle était à jeun et il faisait beau. Elle est allée à Berne, où elle a erré dans la gare avant de monter dans un train pour Lausanne Elle s'est promenée, hagarde, sur les rives du Léman. Elle a donné du pain sec aux cygnes et demandé, à une guérite, le prix d'une location de pédalo. Elle était bien habillée, ont affirmé des témoins. Elle portait un tailleur beige en toile. Elle s'est arrêtée chez un coiffeur tessinois de la vieille ville. Elle a demandé « une coupe et une couleur à la Jean Seberg » et a lu attentivement *Gala*, *Voici*, *Public* et *Closer*. Elle est entrée ensuite dans une bijouterie où elle a acheté, avec sa carte American Express, un petit diamant en forme de cœur, assez vulgaire. Elle l'a mis aussitôt à son cou. La vendeuse a remarqué qu'elle souriait, « d'un étrange sourire, un sourire de droguée ».

La nuit d'été est tombée tard. Klara a gagné à petits pas les hauteurs de Lausanne par la rue Saint-François. Elle a bu un verre de vin blanc, de l'yvorne au goût de noisette fraîche, place de la Palud, et écouté un petit orchestre jouer, en costumes folkloriques, des airs alpins. Elle a continué ensuite son ascension rue de la Mercerie et atteint le pont Bessières d'où elle a sauté, à vingt-deux heures trente-huit. Elle a eu la tête fracassée. Son corps disloqué ressemblait à une vieille poupée en plastique jetée par une fillette en colère. La police suisse a trouvé dans son sac à main une trousse de maquillage, une lettre anonyme adressée à un directeur de la Gaumont, un exemplaire de *La théorie de l'ambition*, de Hérault de Seychelles, et un prospectus de l'hôtel Regina. C'est ainsi que Hilda a pu être jointe et prévenue du drame.

À la mort de Mme Klara Gottwald, la presse vaudoise n'a consacré, le lendemain, que des entrefilets dans les pages des faits divers. Les quotidiens parisiens furent plus généreux et romantiques. Elle venait d'avoir cinquante-deux ans.

J'ai trouvé un poste à *Ouest-France*, édition vendéenne. Le jour de la signature du contrat d'embauche, la directrice des relations humaines n'a pas réussi à dissimuler sa suspicion à mon égard. Elle n'était pas méchante, elle craignait une supercherie. À haute voix, elle lisait et relisait mon petit CV devant moi, les livres, Radio Bonheur, les origines parisiennes, et jugeait ambiguë mon aspiration à devenir localier. « Vous avez vraiment été chez Klara Gottwald ? » me demanda-t-elle. On aurait dit que j'avais appartenu à la secte du Temple solaire. « Elle était comment, cette femme ? » Je poussai un soupir. « Ce serait un peu long à raconter. Disons que Klara méritait mieux que son image. » Elle me regardait comme si je voulais, en me cachant dans les marais, cacher des activités répréhensibles, de troubles histoires sentimentales, une maladie, un désespoir, un cadavre.

Je me suis employé aussitôt à la rassurer. Je lui

ai dit que j'aimais cette île, moins mondaine que Ré, plus austère que Yeu, et que je détestais ma vie d'avant. Je l'ai assurée de ma fierté à travailler désormais pour le premier quotidien de France. Je lui ai fait l'éloge des reportages bocagers et des portraits burinés de François Simon, leur meilleur chroniqueur. Je lui ai démontré mon goût pour l'observation de la vie quotidienne, mon désir d'arpenter les soixante-cinq kilomètres de côte afin d'y rencontrer des gens simples et droits. J'ai parlé avec lyrisme des moules de bouchot et du phare du Pilier. Elle n'était pas vraiment convaincue. Un sourire maigre la trahissait. On a finalement signé les papiers. « Bienvenue au *Ouest*, et bonne chance », a-t-elle lancé en me serrant la main.

À l'agence de Noirmoutier-en-l'Île, ma vie est tranquille. Surtout pendant l'hiver, où la couverture méthodique des accidents de la route, des déjeuners de vieux, des matchs de foot, des brocantes, des randonnées-repas et des conseils municipaux me laisse le loisir de confectionner des herbiers et des collages marins.

L'été est plus excitant. Mon carnet à la main, un appareil photo en bandoulière, je cours d'une régate à une étape du Tour de France, d'une grande marée au festival de théâtre dans le vieux château, du défilé du 14 Juillet aux fêtes de l'Assomption, des voitures de touristes emportées sur le Gois par la mer aux retours de pêche à L'Herbaudière. On m'accueille en copain et me classe quelque part, j'imagine, entre le gendarme et l'instituteur. J'écris des articles brefs que je ne signe pas. Je suis fidèle à la réalité. Je respecte les faits. Je me méfie des adjectifs. Je ne me camoufle plus derrière des formules ronflantes. Je ne cherche jamais à briller. Et lorsque je me relis dans le journal, entre le programme des cinémas, la liste des médecins de garde et l'heure des messes, j'ai l'agréable sentiment que l'article a été rédigé par un autre que moi. Je ne me le réapproprie qu'à l'instant où un notable me félicite de n'avoir pas trahi ses propos ; où une mère, dont le fils a gagné un tournoi de tennis à La Guérinière que j'ai évoqué en trois lignes, se présente à moi avec fierté ; où un romancier local qui signait à la librairie du port me remercie d'avoir donné l'illusion, avec la photo en noir et blanc, qu'il y avait du monde pour le rencontrer, pour le lire.

Pendant la première quinzaine d'août, lorsque l'île fait son plein, mon rédacteur en chef me demande de rencontrer des vedettes. Il veut des people en villégiature, des sourires célèbres et des poses avantageuses devant des murs chaulés de blanc. Il croit me stimuler, il est gentil, en me promettant non seulement la signature en gras, mais aussi la dernière page, commune à toutes les éditions, qui doit son prestige à la couleur — titres et photos. Je fais semblant d'en être flatté et utilise alors mon pseudonyme, Octave d'Armance, seule et avantageuse concession, j'en conviens, à mes regrets invisibles, pour signer d'honnêtes articles de trois mille signes.

Je n'ose pas lui dire combien, chaque été, ces portraits me coûtent. À la seule idée d'aller interviewer, dans leurs villas cossues du Bois de la Chaise, au bout d'allées raffinées que bordent des pins centenaires et des chênes verts, des comédiens en pantacourts, des cinéastes en famille et des scénaristes pas rasés, je rechigne. S'ils n'ont pas été chez Klara, tous l'ont connue. Son suicide est mon tombeau. Je ne voudrais surtout pas avoir à parler d'elle. J'ai peur de me couper. Je n'ai aucune envie de réveiller des souvenirs et leur folie. J'ai encore la fragilité d'un convalescent. Je m'en veux de ne pas savoir tourner la page.

Et puis ces gens qui me reçoivent pour que je leur tire le portrait ont des manières qui m'insupportent. Ils me rappellent ce que j'ai été. Il suffirait d'un rien pour que je le redevienne. Dans leurs yeux, je vois bien que je ne compte pas. Ils m'accueillent avec une méprisante courtoisie, une lassitude forcée. Ils préféreraient offrir une tasse de Nespresso — « Capriccio, Ristretto ou Arpeggio ? » — à l'envoyé spécial de *Paris-Match*. Ils ne jouent le jeu que pour signaler à leurs pairs de l'île qu'ils sont arrivés, que tout va bien pour eux, que leur carrière est au zénith, et qu'ils ont bien mérité un peu de repos. Lorsque je leur demande s'ils sont attachés à ce bout venté de Vendée, ils me font le numéro, que je connais par cœur, de la vedette ensauvagée. Ils prétendent haïr les mondanités, refuser la vie sociale, avoir besoin de « se ressourcer » — Dieu que ce verbe me fait horreur —, s'adonner au jardinage philosophique et à la pêche aux coques, rêver d'une vie simple, « près de la nature », préférer la compagnie des étoiles, des goélands et des mollusques, à la fréquentation de leurs pairs. Ils disent qu'ils profitent de l'été pour relire « tout Balzac », dont ils célèbrent, la bouche pleine, « l'incroyable modernité ». Ils font l'éloge de leur couple et de leurs enfants. Ils sont très heureux d'eux-mêmes. Et moi, je fais semblant de prendre des notes, mais l'article, toujours le même, est déjà fait.

J'ai hâte de les voir repartir. J'attends septembre avec impatience. Noirmoutier s'accommode bien d'être délaissée. Elle n'est jamais plus belle que lorsqu'elle est négligée. Elle retrouve son âpreté originelle, sa dérive immobile, entre ciel et flots, d'avant la construction du pont.

Elle redevient l'île lointaine où Agnès Varda tournait *Les Créatures*, avec Catherine Deneuve et Michel Piccoli, tandis que, face à l'Atlantique (« De la mer, disait-il, tout peut venir »), Jacques Demy écrivait *Les Demoiselles de Rochefort*, ces sœurs nées sous le signe des gémeaux, heureuses de vivre et d'aimer, ces sœurs plus légères que l'air, ces sœurs chez qui l'enfance pastel se prolonge et chantonne encore. Contrairement aux Gottwald, elles distribuaient du bonheur et faisaient confiance au temps.

Mon rédacteur en chef m'a concédé quinze jours de vacances en octobre. J'irai à Prague pour la première fois. J'ai acheté un billet d'avion à cent soixante-dix euros et réservé, tout près de la place Venceslas, un petit hôtel que Hilda m'a conseillé. « Je te montrerai le balcon d'où Václav Havel, à peine sorti de prison, s'est adressé, le 21 novembre 1989, à la foule qui réclamait la chute du communisme. » Elle m'écrit cela dans une longue lettre où elle me raconte sa nouvelle vie. À peine rentrée à Prague, elle a donné sa démission du collège religieux où elle enseignait. Et elle a ouvert, au pied du Théâtre de la Lanterne magique, une agence artistique. « C'est encore bien modeste, mais j'ai déjà douze comédiens sous contrat. J'applique à la lettre les méthodes de Klara. Je n'oublie rien de ce qu'elle m'a enseigné. Et ça marche. Tu sais, ma sœur était une sacrée bonne femme. Il n'y a pas de jour où je ne pense à elle. Et puis, je te présenterai Milan. Il va bien. Sa dernière cure de désintoxication a été un succès. J'ai l'impression étrange que la mort de sa mère l'a libéré d'un poids énorme. Il n'a pas pleuré. Comment pleurer quelqu'un que l'on n'a jamais connu ? Il m'a seulement demandé des précisions sur les conditions de son suicide. Il vient de s'inscrire dans un cours de théâtre. Il s'est mis en tête de jouer des pièces de Tchekhov et d'Ostrovski, tu te rends compte ? Quand tu seras là, on ira tous les trois manger un *knedlo-zelo-vepro*, c'est de la viande de porc avec du chou et des boulettes de pommes de terre. Il parle et lit très bien le français. Je voudrais que tu fasses à Milan le portrait de Klara. Tu es le seul à pouvoir parler d'elle. Il me semble même que tu l'as aimée. »

Par retour du courrier, j'ai proposé à Hilda de lui apporter ce texte que je rédige depuis ma première rencontre, au Lutetia, avec sa sœur. Je le donnerai à Milan. Il en sera donc l'unique lecteur. Et si un jour, l'envie l'en prend, il pourra même le publier à Prague, pour ses amis ou ses enfants, s'il en a. Mais qui cela peut-il intéresser ? On rassemble ses souvenirs, on ne les partage jamais.

DU MÊME AUTEUR

Romans

C'ÉTAIT TOUS LES JOURS TEMPÊTE, *Gallimard*, 2001.
Prix Maurice Genevoix (« Folio », *n° 3737*).

LES SŒURS DE PRAGUE, *Gallimard*, 2007 (« Folio », *n° 4706*)

Récits

LA CHUTE DE CHEVAL, *Gallimard*, 1998. Prix Roger Nimier
(« Folio », *n° 3335, édition augmentée* ; « La bibliothèque Gallimard »,
n° 145, présentation et dossier de Geneviève Winter).

BARBARA, CLAIRE DE NUIT, *La Martinière*, 1999 (« Folio »,
n° 3653, édition augmentée).

THÉÂTRE INTIME, *Gallimard*, 2003. Prix Essai France Télévisions (« Folio », *n° 4028, édition augmentée*).

BARTABAS, ROMAN, *Gallimard*, 2004 (« Folio », *n° 4371, édition
augmentée*).

SON EXCELLENCE, MONSIEUR MON AMI, *Gallimard*,
2008.

Journal

CAVALIER SEUL, *Gallimard*, 2006 (« Folio », *n° 4500, édition augmentée*).

Essais

POUR JEAN PRÉVOST, *Gallimard*, 1994. Prix Médicis Essai ;
Grand prix de l'Essai de la Société des Gens de Lettres (« Folio »,
n° 3257).

LITTÉRATURE VAGABONDE, *Flammarion*, 1995 (*Pocket,
n° 10533, édition augmentée*).

PERSPECTIVES CAVALIÈRES, *Gallimard*, 2003. Prix Pégase
de la Fédération française d'équitation (« Folio », *n° 3822*).

Dialogues

ENTRETIENS AVEC JACQUES CHESSEX, *La Différence*, 1979.

SI J'OSE DIRE, ENTRETIENS AVEC PASCAL LAINÉ, *Mercure de France*, 1982.

L'ÉCOLE BUISSONNIÈRE, ENTRETIENS AVEC ANDRÉ DHÔTEL, *Pierre Horay*, 1983.

DE MONTMARTRE À MONTPARNASSE, ENTRE-TIENS AVEC GEORGES CHARENSOL, *François Bourin*, 1990.

Direction d'ouvrages

DICTIONNAIRE DE LA LITTÉRATURE FRANÇAISE CONTEMPORAINE, *François Bourin*, 1988. *Édition augmentée :* DICTIONNAIRE DES ÉCRIVAINS CONTEMPO-RAINS DE LANGUE FRANÇAISE PAR EUX-MÊMES, *Fayard/Mille et une nuits*, 2004.

LE MASQUE ET LA PLUME, avec Daniel Garcia, *Les Arènes* et *10/18, n° 3859*, 2005 (Prix du Comité d'Histoire de la Radiodiffusion.)

NOUVELLES MYTHOLOGIES, *Le Seuil*, 2007.

COLLECTION FOLIO

Dernières parutions

4351. Jerome Charyn	*Ping-pong.*
4352. Boccace	*Le Décameron.*
4353. Pierre Assouline	*Gaston Gallimard.*
4354. Sophie Chauveau	*La passion Lippi.*
4355. Tracy Chevalier	*La Vierge en bleu.*
4356. Philippe Claudel	*Meuse l'oubli.*
4357. Philippe Claudel	*Quelques-uns des cent regrets.*
4358. Collectif	*Il était une fois... Le Petit Prince.*
4359. Jean Daniel	*Cet étranger qui me ressemble.*
4360. Simone de Beauvoir	*Anne, ou quand prime le spirituel.*
4361. Philippe Forest	*Sarinagara.*
4362. Anna Moï	*Riz noir.*
4363. Daniel Pennac	*Merci.*
4364. Jorge Semprún	*Vingt ans et un jour.*
4365. Elizabeth Spencer	*La petite fille brune.*
4366. Michel tournier	*Le bonheur en Allemagne?*
4367. Stephen Vizinczey	*Éloge des femmes mûres.*
4368. Byron	*Dom Juan.*
4369. J.-B. Pontalis	*Le Dormeur éveillé.*
4370. Erri De Luca	*Noyau d'olive.*
4371. Jérôme Garcin	*Bartabas, roman.*
4372. Linda Hogan	*Le sang noir de la terre.*
4373. LeAnne Howe	*Équinoxes rouges.*
4374. Régis Jauffret	*Autobiographie.*
4375. Kate Jennings	*Un silence brûlant.*
4376. Camille Laurens	*Cet absent-là.*
4377. Patrick Modiano	*Un pedigree.*
4378. Cees Nooteboom	*Le jour des Morts.*
4379. Jean-Chistophe Rufin	*La Salamandre.*
4380. W. G. Sebald	*Austerlitz.*
4381. René Belletto	*La machine.*
4382. Philip Roth	*La contrevie.*
4383. Antonio Tabucchi	*Requiem.*
4384. Antonio Tabucchi	*Le fil de l'horizon.*

4385. Antonio Tabucchi   *Le jeu de l'envers.*
4386. Antonio Tabucchi   *Tristano meurt.*
4387. Boileau-Narcejac   *Au bois dormant.*
4388. Albert Camus   *L'été.*
4389. Philip K. Dick   *Ce que disent les morts.*
4390. Alexandre Dumas   *La dame pâle.*
4391. Herman Melville   *Les Encantadas, ou Îles Enchantées.*

4392. Pidansat de Mairobert   *Confession d'une jeune fille.*
4393. Wang Chong   *De la mort.*
4394. Marguerite Yourcenar   *Le Coup de Grâce.*
4395. Nicolas Gogol   *Une terrible vengeance.*
4396. Jane Austen   *Lady Susan.*
4397. Annie Ernaux/
      Marc Marie   *L'usage de la photo.*
4398. Pierre Assouline   *Lutetia.*
4399. Jean-François Deniau   *La lune et le miroir.*
4400. Philippe Djian   *Impuretés.*
4401. Javier Marías   *Le roman d'Oxford.*
4402. Javier Marías   *L'homme sentimental.*
4403. E. M. Remarque   *Un temps pour vivre, un temps pour mourir.*
4404. E. M. Remarque   *L'obélisque noir.*
4405. Zadie Smith   *L'homme à l'autographe.*
4406. Oswald Wynd   *Une odeur de gingembre.*
4407. G. Flaubert   *Voyage en Orient.*
4408. Maupassant   *Le Colporteur et autres nouvelles.*
4409. Jean-Loup Trassard   *La déménagerie.*
4410. Gisèle Fournier   *Perturbations.*
4411. Pierre Magnan   *Un monstre sacré.*
4412. Jérôme Prieur   *Proust fantôme.*
4413. Jean Rolin   *Chrétiens.*
4414. Alain Veinstein   *La partition*
4415. Myriam Anissimov   *Romain Gary, le caméléon.*
4416. Bernard Chapuis   *La vie parlée.*
4417. Marc Dugain   *La malédiction d'Edgar.*
4418. Joël Egloff   *L'étourdissement.*
4419. René Frégni   *L'été.*
4420. Marie NDiaye   *Autoportrait en vert.*
4421. Ludmila Oulitskaïa   *Sincèrement vôtre, Chourik.*

4422. Amos Oz	*Ailleurs peut-être.*
4423. José Miguel Roig	*Le rendez-vous de Berlin.*
4424. Danièle Sallenave	*Un printemps froid.*
4425. Maria Van Rysselberghe	*Je ne sais si nous avons dit d'impérissables choses.*
4426. Béroalde de Verville	*Le Moyen de parvenir.*
4427. Isabelle Jarry	*J'ai nom sans bruit.*
4428. Guillaume Apollinaire	*Lettres à Madeleine.*
4429. Frédéric Beigbeder	*L'Égoïste romantique.*
4430. Patrick Chamoiseau	*À bout d'enfance.*
4431. Colette Fellous	*Aujourd'hui.*
4432. Jens Christian Grøndhal	*Virginia.*
4433. Angela Huth	*De toutes les couleurs.*
4434. Cees Nooteboom	*Philippe et les autres.*
4435. Cees Nooteboom	*Rituels.*
4436. Zoé Valdés	*Louves de mer.*
4437. Stephen Vizinczey	*Vérités et mensonges en littérature.*
4438. Martin Winckler	*Les Trois Médecins.*
4439. Françoise Chandernagor	*L'allée du Roi.*
4440. Karen Blixen	*La ferme africaine.*
4441. Honoré de Balzac	*Les dangers de l'inconduite.*
4442. Collectif	*1,2,3... bonheur!*
4443. James Crumley	*Tout le monde peut écrire une chanson triste et autres nouvelles.*
4444. Niwa Fumio	*L'âge des méchancetés.*
4445. William Golding	*L'envoyé extraordinaire.*
4446. Pierre Loti	*Les trois dames de la Kasbah suivi de Suleïma.*
4447. Marc Aurèle	*Pensées (Livres I-VI).*
4448. Jean Rhys	*À septembre, Petronella suivi de Qu'ils appellent ça du jazz.*
4449. Gertrude Stein	*La brave Anna.*
4450. Voltaire	*Le monde comme il va et autres contes.*
4451. La Rochefoucauld	*Mémoires.*
4452. Chico Buarque	*Budapest.*
4453. Pietro Citati	*La pensée chatoyante.*
4454. Philippe Delerm	*Enregistrements pirates.*

4455. Philippe Fusaro   *Le colosse d'argile.*
4456. Roger Grenier   *Andrélie.*
4457. James Joyce   *Ulysse.*
4458. Milan Kundera   *Le rideau.*
4459. Henry Miller   *L'œil qui voyage.*
4460. Kate Moses   *Froidure.*
4461. Philip Roth   *Parlons travail.*
4462. Philippe Sollers   *Carnet de nuit.*
4463. Julie Wolkenstein   *L'heure anglaise.*
4464. Diderot   *Le Neveu de Rameau.*
4465. Roberto Calasso   *Ka.*
4466. Santiago H. Amigorena   *Le premier amour.*
4467. Catherine Henri   *De Marivaux et du Loft.*
4468. Christine Montalbetti   *L'origine de l'homme.*
4469. Christian Bobin   *Prisonnier au berceau.*
4470. Nina Bouraoui   *Mes mauvaises pensées.*
4471. Françoise Chandernagor *L'enfant des Lumières.*
4472. Jonathan Coe   *La Femme de hasard.*
4473. Philippe Delerm   *Le bonheur.*
4474. Pierre Magnan   *Ma Provence d'heureuse rencontre.*

4475. Richard Millet   *Le goût des femmes laides.*
4476. Pierre Moinot   *Coup d'État.*
4477. Irène Némirovsky   *Le maître des âmes.*
4478. Pierre Péju   *Le rire de l'ogre.*
4479. Antonio Tabucchi   *Rêves de rêves.*
4480. Antonio Tabucchi   *L'ange noir.* (à paraître)
4481. Ivan Gontcharov   *Oblomov.*
4482. Régine Detambel   *Petit éloge de la peau.*
4483. Caryl Férey   *Petit éloge de l'excès.*
4484. Jean-Marie Laclavetine *Petit éloge du temps présent.*
4485. Richard Millet   *Petit éloge d'un solitaire.*
4486. Boualem Sansal   *Petit éloge de la mémoire.*
4487. Alexandre Dumas   *Les Frères corses.* (à paraître)
4488. Vassilis Alexakis   *Je t'oublierai tous les jours.*
4489. René Belletto   *L'enfer.*
4490. Clémence Boulouque   *Chasse à courre.*
4491. Giosuè Calaciura   *Passes noires.*
4492. Raphaël Confiant   *Adèle et la pacotilleuse.*
4493. Michel Déon   *Cavalier, passe ton chemin!*
4494. Christian Garcin   *Vidas suivi de Vies volées.*

4495. Jens Christian Grøndahl *Sous un autre jour.*
4496. Régis Jauffret *Asiles de fous.*
4497. Arto Paasilinna *Un homme heureux.*
4498. Boualem Sansal *Harraga.*
4499. Quinte-Curce *Histoire d'Alexandre.*
4500. Jérôme Garcin *Cavalier seul.*
4501. Olivier Barrot *Décalage horaire.*
4502. André Bercoff *Retour au pays natal.*
4503. Arnaud/Barillé/
      Cortanze/Maximin *Paris Portraits.*
4504. Alain Gerber *Balades en jazz.*
4505. David Abiker *Le musée de l'homme.*
4506. Bernard du Boucheron *Coup-de-Fouet.*
4507. Françoise Chandernagor *L'allée du Roi.*
4508. René Char *Poèmes en archipel.*
4509. Sophie Chauveau *Le rêve Botticelli.*
4510. Benoît Duteurtre *La petite fille et la cigarette.*
4511. Hédi Kaddour *Waltenberg.*
4512. Philippe Le Guillou *Le déjeuner des bords de Loire.*
4513. Michèle Lesbre *La Petite Trotteuse.*
4514. Edwy Plenel *Procès.*
4515. Pascal Quignard *Sordidissimes. Dernier
                        Royaume, V.*
4516. Pascal Quignard *Les Paradisiaques. Dernier
                        Royaume, IV.*
4517. Danièle Sallenave *La Fraga.*
4518. Renée Vivien *La Dame à la louve.*
4519. Madame Campan *Mémoires sur la vie privée de
                      Marie-Antoinette.*
4520. Madame de Genlis *La Femme auteur.*
4521. Elsa Triolet *Les Amants d'Avignon.*
4522. George Sand *Pauline.*
4523. François Bégaudeau *Entre les murs.*
4524. Olivier Barrot *Mon Angleterre. Précis d'An-
                      glopathie.*
4525. Tahar Ben Jelloun *Partir.*
4526. Olivier Frébourg *Un homme à la mer.*
4527. Franz-Olivier Giesbert *Le sieur Dieu.*
4528. Shirley Hazzard *Le Grand Incendie.*
4529. Nathalie Kuperman *J'ai renvoyé Marta.*
4530. François Nourissier *La maison Mélancolie.*

4531. Orhan Pamuk — *Neige.*

4532. Michael Pye — *L'antiquaire de Zurich.*

4533. Philippe Sollers — *Une vie divine.*

4534. Bruno Tessarech — *Villa blanche.*

4535. François Rabelais — *Gargantua.*

4536. Collectif — *Anthologie des humanistes européens de la renaissance.*

4537. Stéphane Audeguy — *La théorie des nuages.*

4538. J. G. Ballard — *Crash!*

4539. Julian Barnes — *La table citron.*

4540. Arnaud Cathrine — *Sweet home.*

4541. Jonathan Coe — *Le cercle fermé.*

4542. Frank Conroy — *Un cri dans le désert.*

4543. Karen Joy Fowler — *Le club Jane Austen.*

4544. Sylvie Germain — *Magnus.*

4545. Jean-Noël Pancrazi — *Les dollars des sables.*

4546. Jean Rolin — *Terminal Frigo.*

4547. Lydie Salvayre — *La vie commune.*

4548. Hans-Ulrich Treichel — *Le disparu.*

4549. Amaru — *La Centurie. Poèmes amoureux de l'Inde ancienne.*

4550. Collectif — *«Mon cher papa...» Des écrivains et leur père.*

4551. Joris-Karl Huysmans — *Sac au dos suivi de À vau l'eau.*

4552. Marc-Aurèle — *Pensées (Livres VII-XII).*

4553. Valery Larbaud — *Mon plus secret conseil...*

4554. Henry Miller — *Lire aux cabinets.*

4555. Alfred de Musset — *Emmeline.*

4556. Irène Némirovsky — *Ida suivi de La comédie bourgeoise.*

4557. Rainer Maria Rilke — *Au fil de la vie.*

4558. Edgar Allan Poe — *Petite discussion avec une momie et autres histoires extraordinaires.*

4559. Madame de Duras — *Ourika. Édouard. Olivier ou le Secret.*

4560. François Weyergans — *Trois jours chez ma mère.*

4561. Robert Bober — *Laissées-pour-compte.*

4562. Philippe Delerm — *La bulle de Tiepolo.*

4563. Marie Didier — *Dans la nuit de Bicêtre.*

4564. Guy Goffette   *Une enfance lingère.*
4565. Alona Kimhi   *Lily la tigresse.*
4566. Dany Laferrière   *Le goût des jeunes filles.*
4567. J.M.G. Le Clézio   *Ourania.*
4568. Marie Nimier   *Vous dansez?*
4569. Gisèle Pineau   *Fleur de Barbarie.*
4570. Nathalie Rheims   *Le Rêve de Balthus.*
4571. Joy Sorman   *Boys, boys, boys.*
4572. Philippe Videlier   *Nuit turque.*
4573. Jane Austen   *Orgueil et préjugés.*
4574. René Belletto   *Le Revenant.*
4575. Mehdi Charef   *À bras-le-cœur.*
4576. Gérard de Cortanze   *Philippe Sollers. Vérités et lé-
                            gendes*
4577. Leslie Kaplan   *Fever.*
4578. Tomás Eloy Martínez *Le chanteur de tango.*
4579. Harry Mathews   *Ma vie dans la CIA.*
4580. Vassilis Alexakis   *La langue maternelle.*
4581. Vassilis Alexakis   *Paris-Athènes.*
4582. Marie Darrieussecq   *Le Pays.*
4583. Nicolas Fargues   *J'étais derrière toi.*
4584. Nick Flynn   *Encore une nuit de merde dans
                            cette ville pourrie.*
4585. Valentine Goby   *L'antilope blanche.*
4586. Paula Jacques   *Rachel-Rose et l'officier
                            arabe.*
4587. Pierre Magnan   *Laure du bout du monde.*
4588. Pascal Quignard   *Villa Amalia.*
4589. Jean-Marie Rouart   *Le Scandale.*
4590. Jean Rouaud   *L'imitation du bonheur.*
4591. Pascale Roze   *L'eau rouge.*
4592. François Taillandier *Option Paradis. La grande in-
                            trigue, I.*
4593. François Taillandier *Telling. La grande intrigue, II.*
4594. Paula Fox   *La légende d'une servante.*
4595. Alessandro Baricco   *Homère, Iliade.*
4596. Michel Embareck   *Le temps des citrons.*
4597. David Shahar   *La moustache du pape et au-
                            tres nouvelles.*
4598. Mark Twain   *Un majestueux fossile littéraire
                            et autres nouvelles.*

Composition Imprimerie Floch.
Impression Bussière
à Saint-Amand (Cher), le 27 février 2008.
Dépôt légal : février 2008.
Numéro d'imprimeur : 080525/1.
ISBN 978-2-07-035526-6./Imprimé en France.

156000